Papa werden

für Anfänger

Was jeder werdende Papa über Schwangerschaft, Geburt und das erste Kinderjahr wissen muss

Inklusive Bonuskapitel:

Bürokratie leicht gemacht

Manja Feldingen

1. Auflage

2021

Inhaltsverzeichnis

Vorwort

Ein Schrei ertönt aus dem oberen Stockwerk – du bist noch unentschlossen, ob es ein Schrei der Freude oder doch mehr ein Ausruf der Angst und der puren Panik ist und brauchst einen Moment, um all deinen Mut zusammenzufassen und nach oben ins Badezimmer zu gehen, wo deine Partnerin bereits auf dich wartet.

Eigentlich sollte ein kleiner Test bestehend aus etwas Plastik und Papier kein Grund sein, dich in Angst und Schweiß zu versetzen, doch dieser kleine Test, mit dem sie dir auf dem Weg nach oben entgegen wedelt, entscheidet über deine Zukunft. Er entscheidet, ob ihr schon bald eine kleine Familie sein werdet. Ihrem Gesichtsausdruck zu urteilen, scheint der Test positiv zu sein. Oder ist er doch negativ?

Deine Gedanken sind wirr.

Du musst dich richtig konzentrieren, wie man die Treppen, eine Stufe nach der anderen, nach oben geht, ohne über deine Beine zu fallen.

Es schwirren tausend unterschiedliche Sätze und Wörter in deinem Kopf herum und so sehr du es auch versuchst, schaffst du es nicht, die vielen Wörter zu nutzen, um einen logischen Satz zu bilden oder dich daran zu erinnern, welcher Tag ist, wie alt du bist und wie du heißt. Denn bald wird dich ein kleiner Mensch - ein Mensch, der voll und ganz auf dich angewiesen ist, „Papa" nennen.

Die beiden Linien auf dem Schwangerschaftstest, der dir direkt vor die Augen gehalten wird, bestätigen: Deine Partnerin ist schwanger und du wirst in knapp 9 Monaten Vater werden.

Zu der unendlichen Freude, die sich in deinem Inneren breitmacht, gesellt sich Panik. Und was ist, wenn du dem kleinen Menschen nicht gerecht wirst? Was machst du, wenn du dein Kind nicht verstehst, wenn es aus voller Kehle schreit und weder die Flasche noch den Schnuller will? Du hast schon so oft davon gehört, dass mit einem Kind die Nächte kurz, die Tage lang und die Nervenbänder ins Unendliche gedehnt werden.

Von Freunden hast du bereits die unterschiedlichsten Dinge gehört und kleine Horrorszenarien machen sich vor deinem inneren Auge breit. Kein Sex mehr, keine Zweisamkeit, keine Freizeit, ein schreiendes kleines Baby, dessen Sprache du nicht sprichst ...

Die besten Tipps kommen immer von den Menschen, die selbst keine Kinder haben – **Achtung:** Ironie!

Die Menschen, die (noch) keine Kinder haben, sind oft die Menschen, welche meinen, die Weisheit mit dem Goldlöffel gegessen zu haben und denken, dir gute Tipps und Tricks mitteilen zu können.

Bevor Horrorszenarien für weitere Schweißperlen auf deiner Stirn sorgen und du eine Panikattacke bekommst, während du auf die beiden Striche des Tests starrst, spürst du die Arme deiner Partnerin um deinen Hals herum. *Will sie mich jetzt erwürgen?*

Glücklich schaut sie dir in die Augen und verkündet das, was du die ganze Zeit aus den vielen Wörtern in deinem wirren Kopf formulieren möchtest, aufgrund der vielen gemischten Emotionen aber nicht schaffst:

Du wirst Papa!

Vater zu werden ist eine intensive, spannende und äußerst schöne Zeit. Oft haben werdende Väter Angst, die Schwangerschaft nicht ausreichend miterleben zu können. Schließlich ist es der Körper deiner Partnerin, welcher das ungeborene Kind nährt und am Ende auch gebärt.

Solltest du dir vielleicht einen Wehen-Simulator kaufen, um die Schwangerschaft miterleben zu können? Solltest du dir ein Kissen unter das Shirt stecken, um nachvollziehen zu können, wie es ist, wenn das Kind in einem wächst?

Es steht dir natürlich frei, dir Elektroschocks durch deinen Körper zu jagen, um das Gefühl zu haben, „wirklich mit dabei zu sein" und dir ein Kissen unter dein Shirt zu stecken, doch es gibt für werdende Väter unendlich viele Möglichkeiten, die Schwangerschaft mitzuerleben und bereits während der spannenden neun Monate eine Bindung zu dem Ungeborenen aufzubauen.

Mal ganz von der Tatsache abgesehen, dass werdende Väter oft unbewusst ‚mit schwanger' sind und einen kleinen Essensbauch bekommen, während der Bauch ihrer Partnerin von Monat zu Monat immer größer wird, haben sie sehr viele Möglichkeiten, die werdende Mutter eures ungeborenen Kindes zu unterstützen.

Ihr seid schwanger, du wirst Papa und es ist die schönste, spannendste, interessanteste und emotionalste Achterbahnfahrt, welche du je erleben wirst. Steige ein, schnall dich an und lass dich überraschen, welche Höhen und Tiefen oder möglicherweise auch Loopings auf dich warten werden. Mache dir nicht zu viele Gedanken, sondern lass dich treiben, entspanne dich, lass dich auf diese Zeit ein und vor allem:

Lass dich nicht verrückt machen.

Wie sagt man so schön: Es ist noch kein Meister vom Himmel gefallen und das Vatersein ist kein Talent, welches man hat oder nicht. Vater ist man nicht, sondern Vater wird man.

Mit jedem Tag, der dem positiven Schwangerschaftstest und dem ersten Ultraschall beim Frauenarzt folgt, wächst du immer mehr in die Rolle des Vaters hinein. Mit jedem Herzschlag, welcher sich auf dem Monitor zeigt, jedem Zentimeter, welchen der Bauch wächst und jeder Wehe, kurz vor der Geburt, kommst du dem Vatersein immer näher.

Bist du bereit? ***Nein?***

Vollkommen normal.

Bist du gewillt, in die Vaterrolle hineinzuwachsen?

Dann geht´s los.

Die Schwangerschaft

Ihr seid schwanger. Gut – technisch betrachtet ist deine Partnerin diejenige, die das Kind in sich trägt, dennoch wäre sie ohne dich nicht schwanger.

Da du auch deinen Anteil dazu beigetragen hast, dass sie morgens über der Toilettenschüssel hängt und das Frühstück herauswürgt, plötzlich bestimmte Gerüche nicht mehr riechen kann und Gelüste auf saure Gurken gedippt in Schokoladencreme hat, seid *ihr* schwanger und nicht nur deine Partnerin.

Ihr habt euch gemeinsam dazu entschlossen, in die Achterbahn einzusteigen und die Fahrt anzutreten. Mit dem kleinen, aber feinen Unterschied, dass es hier keine Notbremse gibt. Das ganze Leben ist nun eine Achterbahnfahrt, neue Dinge werden auf dich zukommen und selbst, wenn du am Anfang vielleicht noch Angst hattest in die Achterbahn einzusteigen, wirst du merken, wie du dich nach und nach immer wohler fühlen wirst. Du wirst die Fahrt genießen, Spaß haben und nie wieder zurückkehren wollen.

Genauso, wie du dir am Anfang der Schwangerschaft noch nicht vorstellen kannst, wie es sein wird, zu dritt zu sein, wirst du dir, sobald dein Baby auf der Welt ist, nicht mehr vorstellen können, dass du je ohne dieses kleine Menschenkind gelebt hast und wie du es überhaupt ausgehalten hast.

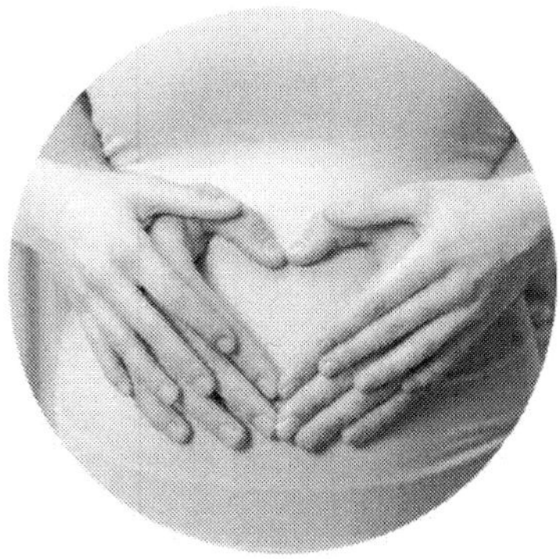

Das Abenteuer beginnt

Auf die Plätze

der Schwangerschaftstest wird ausgepackt.

Fertig

deine Partnerin geht mit dem Test auf die Toilette, um ihn mit etwas Urin zu befeuchten.

Los

der Test ist positiv. Ihr werdet Eltern.

Du wirst Vater!

Im ersten Moment steht die Welt still und während du das Gefühl hast, dass die Welt aufgehört hat sich zu drehen und dein Atem für einen kurzen Moment aussetzt, wächst in dem Bauch deiner Partnerin das ungeborene Kind Stück für Stück immer weiter.

Was passiert in der Schwangerschaft mit deiner Partnerin und deinem Kind?

Der Bauch deiner Partnerin wächst nicht direkt zum Anfang der Schwangerschaft, sodass man ihr nicht direkt ansehen wird, dass sie schwanger ist und dein ungeborenes Kind in sich trägt – bis auf die Tatsache, dass schwangere Frauen oft ein breites Lächeln auf dem Gesicht tragen und das Glück förmlich ausstrahlen.

Doch was passiert nun eigentlich in der Schwangerschaft? Deine Partnerin bekommt Stimmungsschwankungen, hat komische Gelüste und wird möglicherweise von starker Übelkeit geplagt, aber wie sieht es im Inneren aus? Was passiert während der Schwangerschaft mit deiner Partnerin und mit deinem Kind?

Die Schwangerschaft teilt sich, im Grunde genommen, in drei Trimester auf. Ohje - dir hat vorher niemand gesagt, dass man mit der Rolle des werdenden Vaters auch noch mathematisch gefordert wird... Ein Trimester setzt sich aus circa drei Monaten (mal mehr, mal weniger) zusammen, sodass das erste, das zweite und das dritte Trimester gemeinsam die zehn Schwangerschaftsmonate ergeben, in welchen das Baby im Bauch deiner Partnerin wächst.

Richtig gelesen: Deine Partnerin ist nicht neun Monate, sondern, wenn man es genau nimmt, ab dem Zeitpunkt der Befruchtung, 10 Monate lang schwanger.

Die Trimester teilen sich wie folgt ein:

1. *Die 1. bis 12. Schwangerschaftswoche (SSW)*
2. *Die 13. bis 24. SSW*
3. *Die 25. bis 40. SSW*

Sehen wir uns einmal etwas genauer an, was mit deiner Partnerin und deinem Baby in diesen drei Trimestern passiert.

Die Vorsorge in der Schwangerschaft

Nach dem Schwangerschaftstest findet in der Regel erst einmal ein Ultraschall beim Frauenarzt statt, bei dem er die Schwangerschaft bestätigt. Erst, wenn die Schwangerschaft deiner Partnerin bestätigt wurde, errechnet er basierend auf dem Datum der letzten Periode den Geburtstermin. Das wiederum dient dazu, die Vorsorge in der Schwangerschaft organisieren zu können. Die Termine und die Ergebnisse werden im sogenannten Mutterpass festgehalten und dokumentiert.

Interessant:

In der Regel wird immer ein Ultraschall in einem Drittel der Schwangerschaft durchgeführt. Einige Frauenärzte bieten jedoch weitere Ultraschalltermine an, die dann jedoch oft aus eigener Tasche bezahlt werden müssen.

Die Vorsorgetermine – eine Checkliste

Als Vater spielst du eine tragende und wichtige Rolle in der Schwangerschaft deiner Partnerin und solltest aus diesem Grund auch bei den Vorsorgeterminen beim Frauenarzt oder der Hebamme dabei sein.

Interessant:

Nicht nur ein Frauenarzt kann Vorsorgeuntersuchungen durchführen, sondern auch die Hebamme. Der Ultraschall wird jedoch in der Regel vom Frauenarzt durchgeführt. Wenn es dir aufgrund der Arbeit oder anderer Umstände nicht gelingt, bei allen Vorsorgeuntersuchungen dabei zu sein, solltest du zumindest versuchen, bei den Ultraschall-Terminen dabei zu sein – es ist jedes Mal ein unglaublich tolles und einzigartiges Erlebnis, dein Kind auf dem Monitor zu sehen. Lasse dir diese Möglichkeit nicht entgehen.

Schwangerschaftswoche (SSW)	Die Vorsorgeuntersuchung
4. – 5. SSW	*Schwangerschaftstest*
Ab 5. SSW	*Untersuchung beim Frauenarzt mit Bluttest und der Anlage des Mutterpasses*
Zwischen der 9. Und der 12. SSW	*Der erste Ultraschall*

11. bis 13. SSW	*Nach Bedarf können das Ersttrimester-Screening, der DNA-Bluttest und die Chorinozottenbiopsie stattfinden.*
13. bis 16. SSW	*Vorsorgeuntersuchung, bei der das allgemeine Wohlbefinden kontrolliert wird.*
16. bis 17. SSW	*Nach Bedarf eine Amniozentese.*
17. bis 20. SSW	*Vorsorgeuntersuchung, die mit dem zweiten Ultraschall einhergeht. Nach Bedarf kann in diesem Zeitraum auch ein Feinultraschall stattfinden.*
21. bis 24. SSW	*Vorsorgeuntersuchung, wo das allgemeine Wohlbefinden kontrolliert wird.*
24. bis 27. SSW	*Glukosetoleranztest und ein Antikörper-Suchtest.*
25. bis 28. SSW	*Vorsorgeuntersuchung, bei der das allgemeine Wohlbefinden kontrolliert wird.*
29. bis 32. SSW	*Vorsorgeuntersuchung, die mit dem dritten Ultraschall einhergeht.*

Ab der 32. SSW	*Die Blutuntersuchung für Hepatitis B. Ab der 32. SSW finden alle zwei Wochen Vorsorgeuntersuchungen statt, bei der immer ein CTG geschrieben wird, um Wehen und die Herztöne des Kindes zu messen und zu überwachen.*
32. bis 34. SSW	*Vorsorgeuntersuchung mit CTG*
35. bis 36. SSW	*Vorsorgeuntersuchung mit CTG und eventuell ein Abstrich auf B-Streptokokken.*
37. bis 38. SSW	*Vorsorgeuntersuchung mit CTG.*
Ab der 40. SSW	*Alle zwei Tage eine Vorsorgeuntersuchung mit CTG und der Bestimmung der Fruchtwassermenge.*

Das erste Trimester

Das erste Trimester, wird von der 1. bis zu der 12. SSW gezählt. Sie ist die wohl spannendste und auch intensivste Zeit der Schwangerschaft – zumindest, wenn die Rede von dem Nervenkostüm ist.

Viele Paare warten mit der Verkündung darüber, dass sie schwanger sind, bis die ersten 12 Wochen vorbei sind, was auf die Tatsache zurückzuführen ist, dass in den ersten 12 Wochen aus dem Zellhaufen ein menschliches Wesen entsteht. Es klingt nicht sonderlich romantisch, wenn man es so formuliert, doch es ist so.

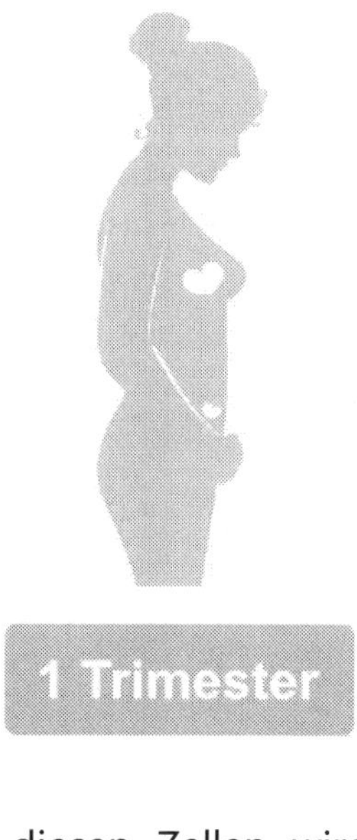

Das Kind, das im Bauch deiner Partnerin wächst, hat ganz zum Anfang noch keinen Herzschlag und sieht optisch auch noch nicht im Geringsten aus, wie ein Kind, sondern ist eine Anhäufung von Zellen. Aus diesen Zellen wird in den ersten drei Monaten der Schwangerschaft ein kleines Lebewesen mit Herzschlag, welchen du in der Regel auch während des ersten Ultraschalls beim Frauenarzt sehen und hören können wirst.

Die Frau:

Ganz zum Anfang der ersten 12 Wochen wird sich deine Partnerin noch recht gut fühlen. Manche Frauen haben bereits eine Vorahnung, schwanger zu sein, doch nicht immer ist sich die Frau direkt darüber bewusst, dass in ihrem Körper bereits ein kleines Lebewesen wächst.

Es können sich unter anderem Verspannungen in den Brüsten und auch Schmerzen im Unterleib breitmachen – so als würde sie ihre Periode bekommen.

Es folgt ein Chaos der Hormone.

Eine Schwangerschaft ist immer ein Gefühlschaos und die Frau ist oft überwältigt von den Hormonen, die sich in ihrem Körper breitmachen, sodass es nicht nur zu Übelkeit, sondern auch zu Gefühlsschwankungen kommen kann. Du läufst praktisch auf einem Mienenfeld und auch nur der kleinste Schritt in die falsche Richtung könnte dazu beitragen, die Bombe zum Explodieren zu bringen.

Genau an dieser Stelle ist es für dich wichtig zu verstehen, dass deine Partnerin nicht absichtlich mit Pfeilen gegen dich schießt. Es fehlt nicht mehr viel, bis sie die Gabel in eine Mordwaffe verwandelt und dich wenige Sekunden danach wieder umarmt und mit Liebeserklärungen überhäuft.

Versuche zu verstehen, dass sie gerade selbst nicht versteht, was mit ihr passiert und dass es durchaus sehr anstrengend sein kann, das Essen immer wieder in der Toilettenschüssel zu entleeren oder das eigentliche Lieblingsessen auf einmal nicht mehr riechen zu können.

Dazu gesellen sich in dem ersten Drittel der Schwangerschaft oft auch andere unangenehme Begleiterscheinungen, wie:

- *Sodbrennen*
- *Verstopfungen*
- *empfindliches Zahnfleisch*
- *Spannungen in den Brüsten*

Das ist vollkommen normal, für deine Partnerin jedoch alles andere als angenehm. Wichtig ist es in diesem Zusammenhang, sie zu unterstützen und ihr immer und immer wieder zu zeigen und zu sagen, dass sie wunderschön ist.

Das Kind:

Wie schon gesagt, ist das Kind ganz zum Anfang des ersten Trimesters der Schwangerschaft eine reine Anhäufung von Zellen, welche jedoch im Verlauf der ersten 12 Wochen zu einem kleinen Fötus wird.

Denn zum Anfang der Schwangerschaft sprechen die Frauenärzte immer noch von einem Embryo.

In den ersten Wochen entwickeln sich nach und nach die Organe und die Nervenbahnen. Bereits zu diesem Zeitpunkt könnte man die ersten Gliedmaßen und Gesichtszüge eures Kindes sehen können – ganz der Papa.

Das Herz des Embryos fängt gegen Ende der 5. SSW an zu schlagen, was auch ab der 6. SSW auf dem Ultraschall gesehen werden kann. Am Ende der 12. SSW sind anschließend auch die Blutgefäße sowie die Organe vollkommen angelegt. Der Zellhaufen hat sich in der Zeit zu einem kleinen Menschen in Miniatur-Form verwandelt und wird nun als Fötus bezeichnet.

Das zweite Trimester

Das erste Trimester ist vorbei und mit dem Einläuten der 13. SSW verschwinden oft auch die anstrengenden und unangenehmen Symptome, wie Übelkeit, Sodbrennen oder die Spannungen in den Brüsten. Der Körper der Frau hatte Zeit, sich an die Hormone zu gewöhnen und es ist in der Regel die Rede von der angenehmsten Zeit der Schwangerschaft.

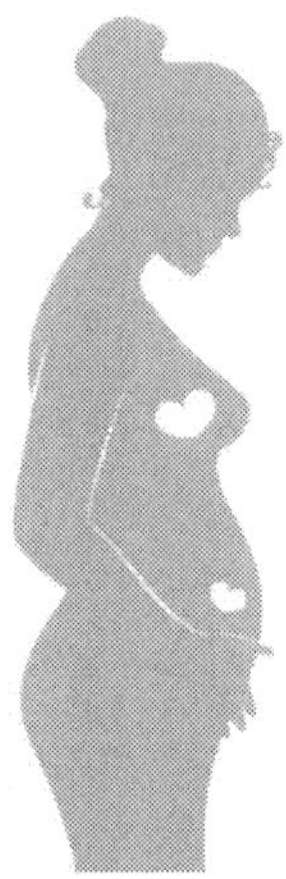

2 Trimester

Der Bauch fängt langsam an zu wachsen und sichtbar zu werden, ist aber noch nicht so schwer, als dass deine Partnerin zum Pinguin mutiert und neben dir durch die Stadt oder den Supermarkt watschelt.

Das zweite Trimester ist für die meisten Frauen oft eine Zeit des Wohlbefindens. Auch du wirst dich inzwischen an die Tatsache gewöhnt haben, dass du bald Vater wirst, und dass das Kind im Bauch deiner Partnerin immer weiterwächst und gedeiht. Doch was passiert genau?

Die Frau:

Die Hosen werden langsam immer enger und schon bald wird deine Partnerin die ersten Bewegungen des ungeborenen Kindes wahrnehmen können. In der Regel spürt die Frau ab der 15. SSW das Kind, wobei kein Grund zur Sorge besteht, wenn sich das Kind nicht pünktlich zur 15. SSW mit einem Tritt in die Rippen oder die Blase bemerkbar macht.

Die zeitlichen Berechnungen sind immer nur Angaben und der Fötus hat in der Regel keinen Wecker und keinen Terminplaner im Bauch der Mutter, nach welchem er sich richten kann.

Zumal es auch immer darauf ankommt, wie die Plazenta liegt, was einen großen Einfluss darauf hat, ob, wann und wie stark die Bewegungen des Kindes wahrgenommen werden können.

Das zweite Trimester ist auch die Zeit, in der die Frau schnell und beständig zunimmt. Man spricht in der Regel von knapp 500 Gramm in der Woche, die sie an Gewicht zunimmt. Aber nicht, weil sie für zwei isst, sondern weil sich Fruchtwasser ansammelt und auch das Kind wächst und immer schwerer wird.

Wusstest du übrigens, dass der Spruch „Für zwei Essen" nicht wirklich richtig ist? Es reicht im Grunde genommen aus, einen Joghurt mehr oder eine etwas größere Portion Nudeln zu essen, um sicherzustellen, ausreichend versorgt zu sein.

Das solltest du deiner Partnerin jedoch nicht direkt unter die Nase reiben, wenn sie Hamsterkäufe macht und das Chips- und Süßigkeiten-Fach ausreicht, um eine ganze Armee für einen Filmeabend zu versorgen.

Wenn du die Hand auf den Bauch deiner Partnerin legst, wirst du im zweiten Trimester die Bewegungen spüren und vielleicht sogar mit dem Kind „spielen" können, indem du auf eine bestimmte Stelle am Bauch drückst und das Kind wenig später gegen diese tritt.

Das Kind:

Die Knochen deines Kindes bilden sich, sodass es mit den Füßen und den Händen gegen die Rippen oder die Blase der Mutter treten kann.

Wusstest du, dass dein Kind im Mutterleib die Augen öffnen und schließen kann? Im zweiten Trimester hat es die Augen jedoch konstant geschlossen.

Wenn du mit deinem Kind sprichst, nimmt es dich ab dem zweiten Trimester wahr. Sprich mit ihm, erzähle ihm, wie sehr du dich freust und trage somit dazu bei, dass sich dein Kind an deine Stimme gewöhnt und dich direkt erkennt, wenn es auf die Welt kommt. Du hast eine wundervolle Möglichkeit, eine Bindung zu deinem Kind aufzubauen.

Finde heraus, wie dein Kind auf deine Stimme reagiert. Vielleicht fängt es wie wild an zu treten, wenn du mit ihm sprichst, weil es dich erkennt und an deiner Stimme bereits merkt, wie sehr es von Papa geliebt wird.

Das Kind trainiert im zweiten Trimester auch seine Saugreflexe und lutscht am Daumen oder greift mit den kleinen Händchen nach der Nabelschnur.

Die Gebärmutter scheint einem Spielplatz zu gleichen. Noch hat das Baby genug Platz, um sich zu bewegen, Purzelbäume zu schlagen und von einer Seite zur anderen zu flitzen.

Wenn es unter den vielen Bewegungen durch das Fruchtwasser gelingt, kann der Frauenarzt gegen Ende des zweiten Trimesters auch erkennen, welches Geschlecht das Kind hat. Na – willst du es wissen oder magst du dich doch lieber überraschen lassen?

Das dritte Trimester

Die Zeit ist verflogen – nur noch circa drei Monate, dann kommt dein Kind auf die Welt und macht dich zum Papa.

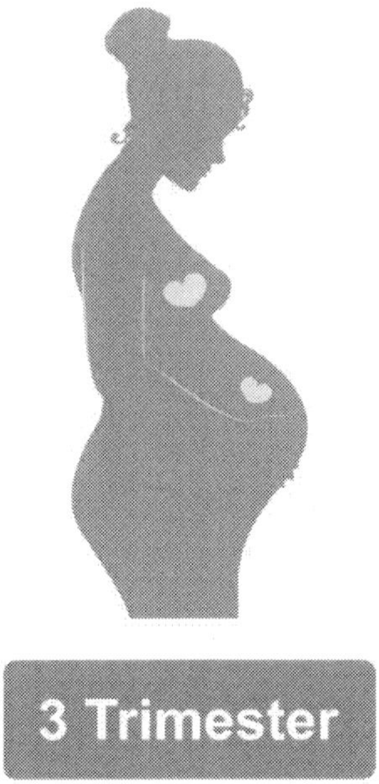

Vielleicht denkst du, dass drei Monate, realistisch betrachtet, doch gar nicht so wenig sind und du noch etwas Zeit hast, bis das Baby auf die Welt kommt. Denke dabei jedoch immer daran, dass sich Babys nicht an Termine halten und somit, je wie sie wollen, vor der Vollendung der 40 Schwangerschaftswochen oder auch etwas später zur Welt kommen.

Die Frau:

Nachdem das zweite Trimester der Schwangerschaft recht angenehm war (zumindest für den Großteil der Frauen), kann es im letzten Drittel der Schwangerschaft wieder zu Beschwerden, wie zum Beispiel Kurzatmigkeit oder auch Sodbrennen kommen.

Die Gebärmutter wächst und verschiebt die anderen umliegenden Organe, um sich ausreichend Platz zu machen.

Die Organe verschieben sich immer weiter nach oben, können somit auch gegen die Lunge drücken und somit die Kurzatmigkeit provozieren.

Da das Kind immer aktiver wird und auch immer weniger Platz hat, nimmt die Frau die Bewegungen immer stärker wahr, was mit wachsender Größe des Kindes immer unangenehmer wird – vor allem dann, wenn sich das Baby als Boxer ausprobiert und einen Tritt nach dem anderen gegen die Blase abfeuert.

Der immer größer werdende Bauch wird schwer, es kann zu Rückenschmerzen, Nierenschmerzen und dem bekannten Watscheln kommen, welches stark an die Fortbewegung eines Pinguins erinnert.

Es kann auch deutlich schwerer fallen, sich im letzten Drittel hinzulegen, zu schlafen und zu sitzen.

Je mehr es auf das Ende der Schwangerschaft zugeht, umso wahrscheinlicher ist es, dass die Frau Senkwehen bekommt, was bedeutet, dass das Kind immer weiter nach unten rutscht und ins Becken sinkt, um sich für die Geburt bereitzumachen.

Und dann ist es auf einmal soweit: Die Wehen setzen ein und das Kind macht sich auf den Weg.

Das Kind:

Die Augen, die das Kind im zweiten Drittel der Schwangerschaft geschlossen hat, öffnen sich nun wieder und die Lichtimpulse, die durch die
Bauchdecke deiner Partnerin zum Baby durchdringen, können nun von ihm wahrgenommen werden.

Das Baby schließt und öffnet die Augen, wie es lustig ist und hat auch regelmäßige Zeiten, zu welchen es wach ist und zu welchen es schläft.

Bis zur Geburt nimmt das Kind in der Regel durchschnittlich 200 Gramm pro Woche zu, da sich immer mehr Unterhautfett bildet und einlagert.

Das Kind kann nun auch schon schmecken, riechen, hören, fühlen, sehen und verfügt somit über alle fünf Sinne.

Das Baby dreht sich nun, sodass es mit dem Kopf in die Richtung des Beckens zeigt, es rutscht immer tiefer in dieses hinein, um dann geboren zu werden. Zum ersten Mal kann es in die Augen von Mama und Papa blicken und sie zu den glücklichsten Menschen auf der Welt machen.

Gut zu wissen:

- *Die Geburt findet in der Regel zwischen der 38. und 42. Schwangerschaftswoche statt. Oft wird davon ausgegangen, dass das erste Kind*
- *sich mehr Zeit lässt und „später“, sprich: nach der 40. SSW kommt, während es Folgekinder oft eiliger haben sollen.*

- *Das Gewicht des Babys liegt bei der Geburt in der Regel zwischen 2.800 und 4.200 Gramm.*

Spezielle Apps für Väter

Es reicht im jeweiligen Store deines Betriebssystems das Stichwort „Schwangerschaft“ einzugeben und schon wird dir eine Liste gezeigt, auf der du endlos nach unten scrollen kannst. Suche dir die Version aus, die dir am meisten zusagt und lade sie entsprechend auf deinem Smartphone herunter.

Während sich die meisten Apps an Frauen richten und sie während der Schwangerschaft begleiten, gibt es nur wenige Apps, die sich speziell an Väter wenden und sie während der Schwangerschaft begleiten. Sicherlich steht es dir vollkommen frei, dir eine App herunterzuladen, bei der du dann mit „Hallo Markus, du bist nun in der 23. SSW“ begrüßt wirst, aber wenn du möchtest, stehen dir auch zwei Apps speziell für Väter zur Auswahl, welche du dir auf dein Handy oder das Tablet holen kannst.

Die Schwangerschaft verfolgen – diese Apps gibt es

Wir leben in einem modernen Zeitalter, in welchem wir nicht nur durch die Ultraschall-Termine beim Frauenarzt ein Foto von dem Kind bekommen, sondern in welchem wir uns Informationen über die unterschiedlichsten Dinge einfach auf unser Smartphone oder Tablet holen können.

Um immer wissen zu können, wie weit deine Partnerin in der Schwangerschaft und wie weit dein Baby in seiner Entwicklung vorangeschritten sind, kannst du dir unterschiedliche Apps auf dein Smartphone laden. Mit nur einem Klick wirst du erfahren, in welcher SSW deine Partnerin sich befindet, was das Kind bereits alles machen kann und wie weit es sich entwickelt hat.

Super Dad:

Die App „Super Dad" richtet sich an werdende Väter, welche genauso von den Emotionen überwältigt sind wie ihre Frauen und sich eine gute und informative Unterstützung für die Zeit während und auch nach der Schwangerschaft wünschen.

Die App selbst soll dem Vater dabei helfen:

- *mehr Verständnis für seine Partnerin aufzubringen, indem er versteht, was mit ihr während der Schwangerschaft passiert.*
- *ein positives Gefühl zum „Vaterwerden" zu entwickeln.*
- *besser und bewusster mit dem Kind interagieren zu können.*

In diesem Zusammenhang bietet die App folgende Features:

- *Begleitung durch die einzelnen Phasen der Schwangerschaft hindurch.*
- *Begleitung während der ersten Monate nach der Geburt des Kindes.*
- *Wissen rund um die Gesundheit deiner Partnerin und des Kindes.*
- *Bürokratische Aspekte, welche es zu beachten gibt.*
- *Finanzielle Aspekte und Veränderungen, welche mit der Geburt anfallen.*
- *Umgang mit dem Neugeborenen nach der Geburt.*
- *Bilder zu dem jeweiligen Entwicklungsstatus des Babys.*
- *Countdown-Anzeige bis hin zur Geburt.*
- *Namensfinder, um die Namensfindung zu erleichtern.*
- *Checkliste für die Kliniktasche.*

- *Anleitung zum Wickeln und zum Anziehen des Kindes.*

HiDaddy:

Die zweite App, welche sich mit ihrem Aufbau speziell an werdende Väter wendet, ist die App HiDaddy. Auch diese App gibt „schwangeren" Vätern alle spannenden Informationen, welche sie brauchen, wenn sie erfahren haben, dass sie bald Vater werden und im Bauch ihrer Partnerin ihr Kind heranwächst.

Die App bietet dabei die folgenden Features:

- *Informationen über den aktuellen Entwicklungsstatus des Kindes.*
- *Einblick in das Wohlbefinden und die Gefühlswelt der werdenden Mutter.*
- *Ratschläge bezüglich des Verhaltens mit und gegenüber der werdenden Mutter.*
- *Dank passender Einblicke und Ratschläge fällt der Umgang mit der Partnerin einfacher.*
- *Die Größe des Babys und der Entwicklungsstatus werden in wöchentlichen Abschnitten angezeigt.*

Was an dieser App besonders süß ist, ist die Tatsache, dass das Baby mit dir als Papa spricht und du somit direkt schon einmal einen Eindruck davon bekommst, wie es ist, „Papa" von deinem Kind genannt zu werden.

Diese Funktion kann aber auch ausgeschaltet werden und du bekommst ganz neutral Informationen bezüglich der Entwicklung des Kindes geliefert.

Welche App die beste unter der großen Auswahl ist, ist natürlich immer Geschmackssache. Selbst, wenn du dich an Ranglisten unterschiedlicher Tests orientierst oder andere Menschen nach ihren persönlichen Erfahrungen fragst, wirst du immer eine andere Antwort erhalten.

Probiere dich aus und stelle für dich selbst fest, welche App deinen Wünschen und Anforderungen am besten gerecht wird.

Unter anderem gibt es folgende Apps für Smartphone und Tablet:

Embryotox:

- *Vom Bundesministerium für Gesundheit entwickelt.*
- *Informationen bezüglich der Nebenwirkungen und Verträglichkeit unterschiedlicher Medikamente während der Schwangerschaft.*

Schwangerschaft +:

- *Entwicklung des Babys im Detail verfolgen.*
- *Bilder, um zu zeigen, wie der Fötus aktuell aussieht.*
- *Gewicht kann protokolliert werden.*

- *Stimmungsschwankungen und Vorkommnisse können festgehalten werden.*

Keleya:

- *Workout- und Yoga-Übungen, welche während der Schwangerschaft durchgeführt werden können. Die Übungen sind dabei immer auf die jeweilige SSW abgestimmt.*
- *Gesunde Rezepte zum Nachkochen.*
- *Experten Videos zu den verschiedensten Themen rund um die Geburt.*

Mit diesem Wissen punktest du bei deiner Partnerin

Wenn dich deine Partnerin nicht mehr riechen kann, sobald sie schwanger ist, musst du dir deinen Status als „sexiest man alive" eben auf andere Art und Weise wieder zurückerobern. Wusstest du, dass es übrigens vollkommen normal ist, dass dich deine Partnerin während der Schwangerschaft nicht mehr riechen kann?

Einige Frauen reagieren auf die Hormone in der Schwangerschaft mit einem erhöhten Kuschel- und Nähe-Bedürfnis, während andere ihren Partner absolut nicht mehr sehen oder riechen können.

Und auch, wenn deine Partnerin deinen Geruch gerade tatsächlich nicht riechen kann, weil sie in der Schwangerschaft empfindlich auf Gerüche reagiert, musst du dich nicht 10 Mal am Tag waschen.

Punkte mit dem Wissen, mit welchem du die Schwangere garantiert beeindrucken wirst.

Die Übelkeit

Die Übelkeit ist vollkommen normal in den ersten Wochen oder gar in den ersten drei Monaten.

So kannst du helfen:

Dränge sie nicht zum Essen, frage sie, ob es etwas gibt, was sie gerne essen würde und fahre notfalls direkt nach Brasilien, um die Ananas selbst vom Baum zu pflücken, wenn sie Lust auf frische Ananas hat. Unterstütze sie, indem du ihr das kochst oder kaufst, was sie gerade essen kann und reagiere nicht beleidigt, wenn sie das Essen kurz vor dem Servieren doch nicht essen möchte.

Gegen Übelkeit können übrigens folgende Dinge helfen:

- *Ingwer*
- *Bitterstoffe, welche unter anderem in Zitronen oder auch in Grapefruits enthalten sind.*
- *Cola*
- *spezielle Armbänder, welche man sich in der Apotheke kaufen kann.*
- *Kräutertees, wie zum Beispiel Pfefferminze, Melisse, Kamille, Fenchel oder auch Anis.*
- *Etwas Bewegung an der frischen Luft.*
- *Magenfreundliche- und schonende Speisen, wie zum Beispiel Porridge oder Milchreis.*
- *Zimt*

Die Stimmungsschwankungen

Wenn du mit deiner schwangeren Partnerin in einem Haushalt lebst, kannst du einen Einblick darüber bekommen, wie es ist, mit einer bipolaren Persönlichkeit zusammenzuwohnen. Die Stimmungsschwankungen sind, genauso wie die Übelkeit, vollkommen normal und können die gesamte Zeit der Schwangerschaft über andauern.

So kannst du helfen:

Streite nicht mit ihr, wenn sie Stimmungsschwankungen hat und dich etwas harscher angreift, als sonst. Mache ihr die Schwankungen ihrer Gefühle nicht zum Vorwurf, sondern sei für sie da.

Gibt es Konflikte zu lösen oder Dinge zu besprechen, beobachte sie vorher und wähle einen taktisch guten Zeitpunkt dafür aus.

Sex in der Schwangerschaft ist kein Problem

Wenn deine Partnerin weiterhin Lust auf Sex hat, spricht absolut nichts dagegen, weiterhin gemeinsam Geschlechtsverkehr zu haben. Durch die Schwangerschaft mag vielleicht der Bauch an Umfang gewinnen, doch der Sex ist immer noch so wie vorher möglich.

Achtung! Das ist nur dann der Fall, wenn der Frauenarzt nichts anderes sagt und aufgrund von Blutungen oder einer Risikoschwangerschaft den Sex untersagt!

So kannst du helfen:

Deine Partnerin ist zwar die werdende Mutter deines ungeborenen Kindes, doch sie ist weiterhin eine Frau und möchte auch als diese wahrgenommen werden. Zeig ihr, wie sexy sie für dich ist und konzentriere dich auf sie.

Dem Kind geht es gut und es profitiert sogar von den Glückshormonen, welche bei dem Erreichen des Höhepunktes freigesetzt werden. Sex ist also kein Tabu, wobei es sich hierbei um dich und um sie dreht – nicht um das Kind! Es wird sich noch früh genug alles nur um das Kind drehen.

Sport ist weiterhin erlaubt

Es gibt zwar einen Spruch, der besagt, dass Schwangere schwanger und nicht krank sind, was sicherlich stimmt, deiner Partnerin jedoch nicht direkt an den Kopf geworfen werden sollte.

Vor allem, wenn es sich um das erste Kind handelt oder deine Partnerin vielleicht bereits eine Fehlgeburt erlitten hat, ist sie besonders vorsichtig, was Risiken angeht.

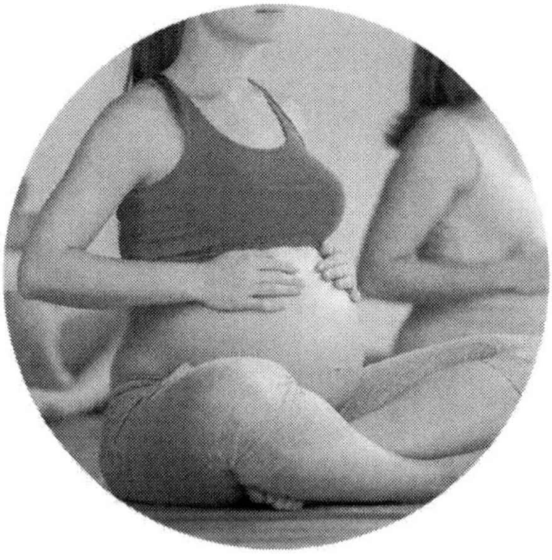

Sie will dem Kind nicht schaden und verzichtet somit nicht nur auf bestimmte Lebensmittel, sondern auch auf Sport, obwohl sie sich gerne bewegen würde.

So kannst du helfen:

Motiviere deine Partnerin dazu, Sport zu machen, wenn sie will, ohne ihr dabei das Gefühl zu geben, dass du unterschwellig versuchst ihr mitzuteilen, dass sie zu dick ist und sich dann selbst als gestrandeten Wal bezeichnen kann.

Unterstütze sie, gehe gemeinsam mit ihr joggen, zum Yoga oder ins Schwimmbad. Vor allem, wenn der Bauch größer und schwerer wird, ist Schwimmen eine sehr gute und vor allem entspannende, sowie entlastende sportliche Aktivität, bei welcher deine Partnerin das Gewicht des großen und immer weiterwachsenden Bauches nicht allzu sehr spürt.

Kraftsport kann ebenfalls gemacht werden, wobei vorher jedoch immer mit dem Frauenarzt gesprochen werden sollte.

Ein Stillkissen ist richtig gemütlich

Wenn der Bauch schwer wird und das Liegen nicht mehr wirklich angenehm ist, genauso wie das Sitzen, kann ein Stillkissen Abhilfe schaffen.

Einige Frauen scheuen sich etwas davor, auf ein solches Utensil zurückzugreifen, weil sie sich dann nicht mehr Herr, bzw. Frau ihres Körpers fühlen, doch wenn sie einmal merkt, wie sehr ein Stillkissen das Schlafen erleichtert, wird sie es nicht mehr hergeben wollen.

So kannst du helfen:
Kaufe ein Stillkissen mit einem optisch schönen Bezug, von welchem du weißt, dass er deiner Partnerin gefallen wird. Informiere dich über die geeigneten Schlaf- und Sitzpositionen und zeige ihr, wie sie mit dem Stillkissen deutlich besser schlafen oder sitzen kann.

Gemeinsam schwanger = gemeinsame Aktivitäten

Du bekommst ein Kind mit deiner Partnerin zusammen. Eure Zellen haben sich sozusagen in der Form des Eis und der Samenzelle verschmolzen, was natürlich nicht heißt, dass ihr beiden auch verschmelzt. Ihr bleibt zwei eigenständige Menschen, welche sich selbstständig bewegen und unterschiedlichen Aktivitäten nachgehen können.

Dennoch verbindet eine Schwangerschaft, die Beziehung verändert sich und wird ein Stück intensiver, was auch dazu führt, dass du gemeinsam mit deiner Partnerin Aktivitäten machen kannst, die ihr zuvor nicht gemeinsam gemacht habt.

Du musst deine Partnerin um Gottes willen nicht mit zum Fifa-Jungs-Abend nehmen oder im Stadion in die erste Reihe setzen und das Paar sein, welches sich nicht eine Minute voneinander trennen kann (von diesem Paar gibt es immer schon eines im Umfeld), doch ihr könnt gemeinsame Aktivitäten finden, welche euch Spaß machen und Freude bereiten.

Einige Beispiele für gemeinsame Aktivitäten in der Schwangerschaft sind:

- *Gemeinsam die Dinge kochen, welche deine Partnerin am liebsten isst und die ihr gut bekommen.*
- *Sport treiben, wie zum Beispiel Schwangerschafts-Yoga oder andere sportliche Aktivitäten.*
- *Gemeinsam meditieren.*
- *Schwangerschafts-Klamotten und die erste Baby-Garnitur einkaufen.*
- *Gemeinsam einen Namen suchen – das kann eine ganz schön lange und aufwändige Angelegenheit sein.*

- *Gemeinsam Krankenhäuser besichtigen, sich bezüglich der Geburtshäuser oder Hebammen für eine Hausgeburt informieren.*
- *Gemeinsam schwimmen gehen, da Schwimmen für Schwangere (vor allem im fortgeschrittenen Stadium) ein angenehmer Sport ist.*
- *Gemeinsam Termine beim Frauenarzt wahrnehmen.*
- *Die Möbelhäuser unsicher machen und das Kinderzimmer einrichten.*
- *Wenn deine Partnerin stillen möchte, sucht bereits im Voraus eine Hebamme, die auch eine Stillberatung anbieten kann.*
- *Eine gemeinsame Trageberatung machen, um das Kind nach der Geburt im Tuch oder in der Babytrage tragen zu können. Einige Hebammen bieten diesen Service mit an.*

Mögliche Ernährungsumstellung

„Hallo Lieferservice – ich hätte gerne eine große Pizza mit extra Käse und als Nachtisch ein gemischtes Eis, danke!" – so stellen sich das viele Menschen vor, wenn sie das Bild vom Baby im Bauch der Frau vor Augen haben.

Das Baby bestellt sich bei seiner Mama das Essen, worauf es gerade Lust hat und so kommt es eben, dass deine Partnerin mitten in der Nacht aufwacht und nach sauren Gurken mit Schokoladencreme oder nach Lachs mit Marmelade fragt. Doch das ist vollkommen normal – schließlich haben Frauen während der Schwangerschaft immer Lust auf ganz bestimmte Sachen, weil das Kind diese bestellt, oder?

Es ist durchaus richtig, dass Frauen bestimmte Gelüste während der Schwangerschaft bekommen können und somit die absurdesten Sachen essen. Da können durchaus Kombinationen dabei sein, welche bei dir auf nicht sonderlich große Begeisterung treffen und bei welchen du dir, auch beim besten Willen nicht vorstellen kannst, dass das wirklich schmecken könnte. Doch, wie ist das wirklich mit der Ernährung? Sollte eine Frau einfach ihren Gelüsten folgen oder gibt es doch einige Tipps und Tricks was die Ernährung anbelangt? Muss deine Partnerin eine besondere Diät befolgen oder kann sie essen, was sie will und worauf sie (und das Baby) gerade Lust haben?

Genau genommen muss allerdings dazu gesagt werden, dass sich das Baby nicht die Nahrung bei der Mutter bestellt und sie nicht die Gelüste auf komische und außergewöhnliche Kombinationen hat, weil das Baby sich diese wünscht, sondern weil die Hormone während der Schwangerschaft schlicht und ergreifend verrücktspielen.

Grundsätzlich kann eine Frau während der Schwangerschaft ganz normal so weiteressen, wie sie es gewohnt ist – vorausgesetzt, sie hat Lust auf das Essen und wird nicht von Übelkeit und Erbrechen geplagt. In diesem Fall kann es deiner Partnerin durchaus schwerfallen zu essen, sodass sie sich förmlich zum Essen zwingen muss.

Gut zu wissen:

Wenn deine Partnerin zu sehr unter der Übelkeit leiden sollte und viel erbricht, sollte sie ihren Frauenarzt oder ihre Hebamme auf diesen Umstand aufmerksam machen. Übelkeit und Erbrechen sind in der Schwangerschaft zwar durchaus normal, können aber gefährlich für die Gesundheit deiner Partnerin und deines Babys werden, wenn deine Partnerin zu viel erbricht und kaum Flüssigkeit und Nahrung zu sich nimmt.

Verläuft die Schwangerschaft normal und ohne Probleme, muss deine Partnerin keiner bestimmten Ernährungsform folgen und kann im Grunde genommen all das essen, worauf sie Lust hat und was ihr schmeckt.

Achtung! Eine Diät sollte deine Partnerin während der Schwangerschaft auf keinen Fall machen. Die Schwangerschaft ist keine Zeit, in welcher es um das Abnehmen geht. Natürlich darf auf das Gewicht geachtet werden und deine Partnerin darf sich gesund ernähren, wobei jedoch nicht der Gewichtsverlust, sondern das allgemeine Wohlbefinden der Anlass für die gesunde Ernährungsweise sein sollte.

Wichtig

ist, dass deine Partnerin durch ihre Ernährung sicherstellt, die Nährstoffspeicher mit den entsprechenden Nährstoffen zu füllen. Dabei ist es interessant zu wissen, dass während der Schwangerschaft ein Mehrbedarf für zahlreiche Nährstoffe besteht, da deine Partnerin nicht nur sich, sondern auch dein ungeborenes Kind mitversorgen muss. Empfohlen wird während der Schwangerschaft der Verzehr von:

- *Obst*
- *Gemüse*
- *Vollkornprodukten*
- *Milch und Milchprodukten*
- *Fleisch (am besten fettarm in der Form von Hühnerfleisch und Putenfleisch)*

Außerdem sollte deine Partnerin auch darauf achten, ausreichend zu trinken. Es spricht nichts dagegen, wenn sie ab und an eine Cola oder ein anderes süßes Getränk genießt, allerdings sollte der Griff zur Wasserflasche o-der zum Tee tendieren, wenn sich Durst bemerkbar macht.

Gibt es Dinge, auf welche die Frau verzichten sollte?

Im Grunde genommen kann man festhalten, dass deine Partnerin in der Schwangerschaft das essen darf, was sie möchte und worauf sie Lust hat. Vielleicht bist du aber auch schon einmal mit weit geöffneten Augen durch die Bibliothek gelaufen und hast dort die vielen unterschiedlichen Ratgeber und Kochbücher für die Ernährung schwangerer Frauen gesehen. Nun stellst du dir natürlich auch die Frage, wieso die Ernährung eine so große Rolle im Leben einer schwangeren Frau spielt, wenn du hier gerade gelesen hast, dass deine Partnerin alles essen darf, worauf sie Lust hat und was ihr schmeckt.

Neben der Freiheit, welche deine Partnerin während der Schwangerschaft bezüglich der Ernährung hat, gibt es einige Lebensmittel, welche für

das ungeborene Baby schädlich sein können und auf welche deine Partnerin aus diesem Grund besser verzichten sollte. Die Stichworte lauten in diesem Zusammenhang: Listeriose und Toxoplasmose.

Sowohl bei der Listeriose als auch bei der Toxoplasmose handelt es sich um Bakterien, welche für Menschen an und für sich unbedenklich und auch nicht weiter schädlich sind. Wenn du in den Kontakt mit diesen Bakterien oder auch nur einen der beiden kommst, ist das nicht weiter besorgniserregend und in vielen Fällen wirst du dir gar nicht darüber bewusst sein, dass du das Bakterium über die Nahrung aufgenommen hast.

Auch bei deiner Partnerin wäre der Kontakt zu den beiden Bakterien nicht weiter schlimm und gefährlich, wenn da nicht das kleine, aber feine Detail wäre, dass sie dein ungeborenes Kind in ihrem Bauch trägt.

Denn, für das ungeborene Kind können diese beiden Bakterien durchaus fatal und sehr gefährlich sein. Somit können sie die folgenden Gefahren mit sich bringen:

- *Frühgeburt oder Fehlgeburt*
- *Vergrößerung der Leber*
- *Vergrößerung der Milz*
- *Entstehen eines Wasserkopfes*
- *Verkalkungen innerhalb des Kopfes*
- *Schäden an den Augen*

Bevor du in Panik verfällst, sei dir gesagt, dass es nur selten vorkommt, dass Babys über die Plazenta in den Kontakt mit Listeriose oder Toxoplasmose kommen und Schäden davontragen, dennoch gibt es ein kluges Sprichwort, welches besagt, dass Vorsorge besser ist als Nachsorge. Deine Partnerin sollte während der Schwangerschaft auf Lebensmittel verzichten, in welchen diese Bakterien vorkommen können, um so verhindern zu können, dass das ungeborene Baby mit ihnen in Kontakt kommt.

Unter anderem sollte deine Partnerin für die Zeit der Schwangerschaft auf:

- *rohes und nicht durchgegartes Fleisch/Fisch*
- *Rohwurst*
- *Rohschinken*
- *Rohmilch und Produkte aus Rohmilch verzichten.*

Bezüglich der Toxoplasmose solltest du auch wissen, dass dieser Parasit durch Katzen übertragen wird und deine Partnerin aus diesem Grund besondere Vorsicht walten lassen sollte, wenn es um den Verzehr von Gemüse und Obst aus dem Garten oder auch dem Supermarkt geht.

Du weißt nie, ob nicht vielleicht eine Katze in Kontakt mit den Lebensmitteln gekommen ist, weshalb es wichtig ist, Obst und Gemüse vor dem Verzehr gut und gründlich zu waschen – das sollte zwar Standard sein, wenn es um die Hygiene in der Küche geht, doch in der Schwangerschaft sollten du und deine Partnerin ein ganz besonderes Auge auf die Hygiene während des Kochens haben.

Was den Rest angeht, musst du dir keine Sorgen machen, wenn deine Partnerin mit der Chips-Tüte vor dem Fernseher sitzt und am nächsten Tag in aller Herrgottsfrühe den grünen Smoothie zubereitet, um einen Frische-Kick zu bekommen.

Schwangerschaftsdiabetes als Ausnahme

Es ist erst einmal ein Schock, wenn man die Nachricht bekommt, dass die Partnerin unter Schwangerschaftsdiabetes leidet. Allerdings musst du diesbezüglich wissen, dass Schwangerschaftsdiabetes nicht automatisch bedeutet, dass deine Partnerin für den Rest ihres Lebens zuckerkrank sein wird und sich zusätzlich mit Insulin versorgen muss.

Unterschiedliche Faktoren können demnach dazu führen, dass sich während der Schwangerschaft Störungen der Blutzuckerregulation manifestieren. Auf der einen Seite werden sie als sehr störend empfunden, auf der anderen Seite bekommt man sie gut in den Griff. Oftmals verschwinden sie nach der Schwangerschaft wieder.

Interessant:

Natürlich tragen einige Faktoren, wie zum Beispiel die Ernährung oder auch Übergewicht dazu bei, dass sich schneller und leichter eine Gestationsdiabetes – so nennt man Diabetes während der Schwangerschaft – bildet, doch nicht immer heißt Diabetes während der Schwangerschaft, dass sich deine Partnerin falsch ernährt oder zu viel Gewicht auf die Waage bringt.

In Falle der Gestationsdiabetes muss gehandelt werden, wobei du deine Partnerin aktiv unterstützen kannst. Unter Umständen kann der Diabetes, sofern er unterschätzt wird, bedrohlich sowohl für die Mutter als auch für das ungeborene Baby werden.

Mutter:

- *Hoher Blutdruck möglich.*
- *Es kann sein, dass es häufiger zu Harnwegsinfekten kommt.*

Baby:

- *Erhöhtes Risiko von Unterzuckerung.*
- *Möglicherweise ein sehr hohes Geburtsgewicht.*
- *Gefahr einer Frühgeburt*

Wie schon gesagt, kann deine Partnerin, sofern sie nicht unter Diabetes während der Schwangerschaft leidet, das essen, was sie mag. Hat sie allerdings die Diagnose der Gestationsdiabetes erhalten, wird diese oft durch eine entsprechende Umstellung der Ernährung behandelt.

Der Frauenarzt wird deine Partnerin und dich im Fall einer solchen Diagnose an eine Ernährungsberatung überweisen, wo ihr gemeinsam über die richtige Ernährung aufgeklärt werdet.

Bei der Gestationsdiabetes wird vor allem auf ballaststoffreiche Lebensmittel gesetzt, zu welchen unter anderem die Folgenden gehören:

- *Vollkornprodukte*
- *Obst*
- *Gemüse*
- *Hülsenfrüchte*
- *Fettarme Milchprodukte*

- *Fettarmer Fisch*
- *Fettarmes Fleisch*
- *Eier*

Einschränkungen gibt es allerdings, wenn es um Kohlenhydrate, wie unter anderem:

- *Weizenmehlprodukte*
- *Brot*
- *Kartoffeln*
- *Nudeln*
- *Reis*

geht. Auch Süßspeisen und gesüßte Getränke sollten sich im Fall einer Gestationsdiabetes nur äußerst selten auf dem Speiseplan wiederfinden.

Oft gelingt es bereits durch die Umstellung der Ernährung, der Gestationsdiabetes den Kampf anzusagen und die Blutzuckerwerte unter Kontrolle zu bringen, doch in einigen wenigen Fällen muss die Frau zusätzlich Insulin spritzen.

In jedem Fall ist es für deine Partnerin wichtig, nicht alleine mit der Situation zu bleiben. Zwar ist sie diejenige, die sich mit der Diagnose „Gestationsdiabetes" beschäftigen muss, doch sie trägt dein Kind in ihrem Bauch. Aus diesem Grund solltest du sie unterstützen, ihr beistehen und dich nicht mit Chips, Burger und einem Stück Sahnetorte neben sie setzen, während sie darauf aufpassen muss, was sie isst, um weder sich noch das ungeborene Baby zu gefährden. Doch, wie gesagt, die Diagnose „Gestationsdiabetes" ist an und für sich nicht schlimm, muss allerdings kontrolliert und überwacht werden. Mit deiner Unterstützung und der richtigen Ernährung kann deine Partnerin die Schwangerschaft auch mit dieser Diagnose gut überstehen und genießen.

Welche Komplikationen könnten auftreten?

Natürlich bringt es nichts, sich während der Schwangerschaft immer verrückt zu machen. Wusstest du, dass das Baby bereits im Bauch der Mutter spürt, wie sich die Mutter fühlt und erkennt, ob sie gute oder schlechte Laune hat? Babys und auch ungeborene Babys im Bauch der Mutter sind wahre Gefühlsmagneten und saugen alle Emotionen – sowohl positiver als auch negativer Natur wie ein Schwamm in sich auf.

Stress ist bereits für nicht-schwangere Menschen ein recht negativer Faktor, welcher viele Folgen mit sich bringen kann und sich zudem nicht sonderlich gut auf die eigene Gesundheit auswirkt. Bei einer Frau, welche ein ungeborenes Kind in ihrem Leib trägt, wirkt sich Stress nicht nur auf deine Partnerin, sondern auch auf dein ungeborenes Kind aus.

Aus diesem Grund gilt es in der Schwangerschaft immer die Ruhe zu bewahren, sich zu entspannen und sich vor allem nicht mit Horrorszenarien zu beschäftigen. Das ist allerdings oft leichter gesagt als getan.

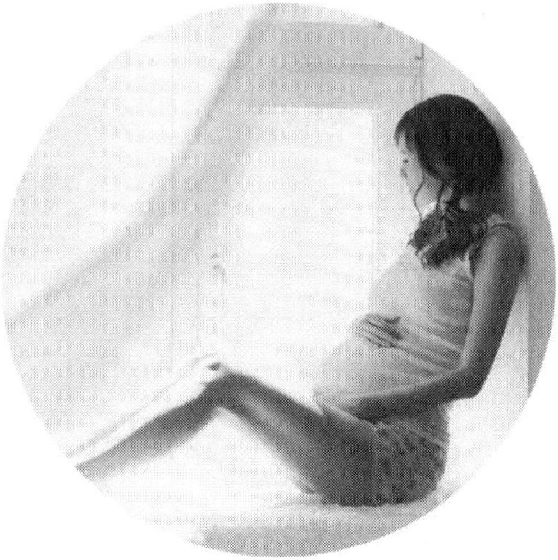

Es gibt einen Spruch, welcher besagt, dass man, sobald man ein Kind hat, nicht mehr aufhören wird, sich zu sorgen. Ganz egal, wie alt das Kind ist – man wird als Mutter oder Vater immer dafür sorgen wollen, dass es dem Kind gut geht, dass es glücklich ist und dass es sich mit Menschen umgibt, die es lieben. Die Sorgen rund um das Kind fangen dabei bereits mit dem positiven Schwangerschaftstest an. Viel zu oft hast du schon von den ersten drei kritischen Monaten gehört, in welchen viele Frauen das Kind verlieren und somit eine Abtreibung erleiden.

Sicherlich sind die ersten drei Monate die wohl sensibelste Phase der Schwangerschaft, doch wenn der Körper der Frau gesund ist und auch der Embryo gesund und lebensfähig ist, kannst du davon ausgehen, dass die ersten drei Monate, sowie auch der Rest der Schwangerschaft, vollkommen ohne Komplikationen verlaufen werden. Dennoch macht man sich Gedanken – das ist vollkommen normal. Man fragt sich, ob mit der Partnerin und mit dem Baby alles in Ordnung sei. Am liebsten hättest du, dass das Baby ab und an ein kurzes Memo aus dem Bauch schickt, dass es ihm gut gehe und dass du dir keine Sorgen machen müsstest. In gewisser Weise erhältst du dieses Memo ab dem Zeitpunkt, zu welchem sich das Baby in dem Bauch deiner Partnerin bewegt. Denn durch die Bewegungen, die du auch spüren kannst, wenn du deine Hand auf den Bauch deiner Partnerin legst, bekommst du das Zeichen, dass es dem Baby gut geht.

Anders ist das in den ersten Monaten der Schwangerschaft, in welchen sich das Baby zwar durchaus im Bauch bewegt, jedoch noch viel zu klein ist, als dass die Bewegungen spürbar, geschweige denn von außen sichtbar wären.

Es ist vollkommen normal, dass du dir Gedanken machst und du Angst vor schlechten Nachrichten hast, wenn der Frauenarzt den Ultraschall durchführt und nach dem Herzschlag des Babys sucht. Es ist wirklich vollkommen normal und verständlich, dass in dir Ängste vor Komplikationen aufkommen.

Wie sagt man so schön? Das Leben ist kein Ponyhof. Allerdings ist es auch nicht gut, die Pferde scheu zu machen und sich ständig mit Horrorszenarien zu beschäftigen.

Ja
es gibt schlimme Erlebnisse, welche viele Paare erleiden mussten.

Ja
es gibt Komplikationen, zu welchen es während der Schwangerschaft kommen kann.

Ja
es gibt viele Menschen, die ein Baby verloren haben oder mit Komplikationen zu kämpfen hatten.

Es gibt Komplikationen und wir können die Augen nicht vor ihnen verschließen, doch du solltest dir dabei immer wieder vor Augen führen, dass wir in einer sehr modernen Zeit leben. Wir leben in einer Zeit, in der wir Zugriff auf viele innovative Technologien haben, mit welchen wir die Gesundheit der Frau und des ungeborenen Babys beobachten können. Heutzutage gibt es viele Medikamente und andere Möglichkeiten, um Komplikationen vorzubeugen und sie zu behandeln. Am besten ist es, dass du zum Anfang der Schwangerschaft nicht direkt davon ausgehst, dass etwas schief geht oder dass es zu

Komplikationen kommen wird. Freue dich über die Nachricht und lasse dich nicht von Kommentaren aus dem Umfeld verunsichern, die dich darauf hinweisen, dass man sich erst nach den ersten drei Monaten freuen sollte, da diese Zeit unsicher ist und es noch alles offen ist.

Nein! Deine Partnerin ist schwanger und du darfst dich darüber freuen. Du musst sie nicht mit Samthandschuhen anfassen und du darfst deine Freude über die Nachricht mit anderen Menschen teilen.

Fokussiere dich nicht auf mögliche Komplikationen, denn damit machst du dich nur verrückt. Sei dir einfach nur bewusst darüber, dass während jeder Schwangerschaft Komplikationen möglich sind.

Was ist eigentlich eine Risikoschwangerschaft?

Vielleicht kennst du den Begriff der Risikoschwangerschaft und bist im Rahmen deiner Recherche bereits auf ihn gestoßen. Hast du dich gefragt, was du dir unter dieser Bezeichnung genau vorstellen musst? Im Grunde genommen verbirgt sich hinter dem Begriff der Risikoschwangerschaft genau das, was man sich vorstellt, wenn man ihn hört.

Eine Risikoschwangerschaft ist eine Schwangerschaft, in

der die Frau und das ungeborene Kind ein gewisses Risiko haben, auf Komplikationen zu treffen. Aus diesem Grund muss im Rahmen einer Risikoschwangerschaft oft auch mehr Vorsicht walten und deine Partnerin wird viel öfter zu Kontrollen zum Frauenarzt gehen müssen, als dies bei einer „normalen", also komplikationsfreien Schwangerschaft der Fall ist.

Gut zu wissen:

Die meisten Schwangerschaften laufen vollkommen komplikationslos ab, sodass du dir zum Anfang keine Gedanken darüber machen solltest, ob deine Partnerin möglicherweise als „Risikoschwangere" eingestuft werden könnte.

Bekommt deine Partnerin die Diagnose, eine Risikoschwangere zu sein, ist das ebenfalls noch kein Grund zur Panik. Die Definition an und für sich ist lediglich ein Hinweis darauf, dass etwas mehr Vorsicht walten muss, als dies bei einer Schwangerschaft mit normalem Verlauf der Fall ist. Uns stehen, wie gesagt, zahlreiche diagnostische und auch therapeutische Möglichkeiten zur Auswahl, von denen wir profitieren und mithilfe derer wir frühzeitig Risiken erkennen können.

Führe dir dabei auch immer wieder vor Augen, dass eine Risikoschwangerschaft nicht zwangsläufig schwieriger verlaufen muss, als eine „normale" Schwangerschaft. Damit du dir einen Überblick darüber verschaffen kannst, zu welchen Komplikationen es im Rahmen einer Schwangerschaft kommen kann, kannst du dich an dieser Liste orientieren.

Achte dabei darauf, dich nicht verunsichern oder zu sehr mitreißen zu lassen. Verzichte darauf, Doktor Google um Rat zu fragen, wenn deine Partnerin bestimmte Symptome aufweist, welche du mit dir bekannten Risiken in Verbindung bringst.

Habt ihr das Gefühl, dass etwas nicht stimmt, ist es immer besser, sich direkt an die Hebamme oder den Frauenarzt zu wenden, um die Symptome abklären zu lassen.

Im Rahmen einer Schwangerschaft kann es zu folgenden Komplikationen kommen:

- *Eine Eileiterschwangerschaft*
- *Extremes Schwangerschaftserbrechen (Hyperemesis gravadarum)*
- *Die Rhesusunverträglichkeit*
- *Blutungen in der Früh- und in der Spätschwangerschaft*
- *Muttermundschwäche*
- *Plazentakomplikationen*
- *Vorzeitiger Blasensprung*
- *Vorzeitige Wehen*
- *Zu viel oder zu wenig Fruchtwasser*
- *Fehlgeburt*
- *Frühgeburt*
- *Übertragung*
- *Gebärmuttermyome*
- *Schwangerschaftsbedingte Hauterkrankungen*
- *Bluthochdruck*
- *Gestationsdiabetes (Schwangerschaftsdiabetes)*
- *Gallenstau (Schwangerschafts-Cholestase)*
- *Thrombose*
- *HELLP-Syndrom*
- *Präeklampsie*

Wie du sehen kannst, ist die Liste der Komplikationen, zu welchen es während einer Schwangerschaft kommen kann, sehr lang. Aus diesem Grund wollen wir auch nur kurz auf die einzelnen Risiken eingehen, sodass du dir ein Bild darüber machen kannst, was in einer Schwangerschaft passieren könnte, ohne dich dabei verrückt zu machen.

Gehe immer davon aus, dass die Natur sich selbst reguliert und nicht lebensfähige Embryos oftmals bereits vom Körper selbst unbemerkt abgestoßen werden, bevor deine Partnerin überhaupt erst auf die Idee kommt, einen Schwangerschaftstest zu machen.

Wie schon gesagt:

Komplikationen gibt es zwar durchaus, doch in der Regel verläuft eine Schwangerschaft ohne Probleme. Genieße die Zeit und verbringe sie nicht damit, dir dauerhaft Sorgen über mögliche Risiken zu machen. Schlaflose Nächte werden den Rest deines Lebens auf dich warten, wenn das Baby in der Nacht Hunger oder Bauchweh hat, als Kleinkind Angst vor dem Monster unter dem Bett bekommt oder mit 16 nicht zum verabredeten Zeitpunkt aus der Disko kommt und du auf der Couch mühsam versuchst, nicht einzuschlafen, während du auf dein Kind wartest. Genieße die Schwangerschaft und folge ganz dem bekannten Spruch: **Don´t worry – be happy!**

Die Eileiterschwangerschaft

Von einer Eileiterschwangerschaft ist die Rede, wenn sich das befruchtete Ei nicht in der Gebärmutter, sondern in einem Eileiter außerhalb der Gebärmutter einnistet.

Diese externen Einnistungen sind recht selten und kommen nur einmal unter 100 bis 200 Schwangeren vor.

In vielen Fällen entwickelt sich aus dem befruchteten Ei kein Embryo, da die Eileiter nicht dafür ausgelegt sind, eine Schwangerschaft zu tragen. Dadurch kann es zu Rissen und inneren Blutungen kommen, was dazu führen wird, dass die Schwangerschaft oft durch ärztliche Intervention abgebrochen werden muss.

Das extreme Schwangerschaftserbrechen (Hyperemesis gravadarum)

Wie du nun schon weißt, ist es absolut nicht ungewöhnlich, wenn deine Partnerin am Morgen über der Toilettenschüssel hängt, weil sie von der morgendlichen Übelkeit geplagt wird.

Die Übelkeit kann sich nach den ersten drei Monaten legen, sich unter Umständen aber auch durch die gesamte Zeit der Schwangerschaft ziehen.

Die Übelkeit an und für sich ist nicht weiter besorgniserregend. Zum Problem werden kann die Übelkeit allerdings, wenn sich deine Partnerin mehr als 3 bis 5 Mal täglich übergeben muss, nichts mehr im Magen behält und in diesem Zusammenhang auch mehr als drei Kilogramm in einem kurzen Zeitraum abnimmt.

Eine Frau unter 200 Schwangeren leidet unter dieser Hyperemesis – unter ihr auch die beliebte Herzogin Kate, die Frau von Prinz William, dem Herzog von Cambridge.

In der Regel manifestiert sich diese schwere und ernst zu nehmende Form der Übelkeit in den ersten drei Monaten der Schwangerschaft. In wenigen Fällen haben Frauen auch erst nach der 20. SSW mit diesem Problem zu kämpfen.

Da das häufige Erbrechen verhindert, dass die Frau ausreichend mit Nährstoffen versorgt wird und somit auch das Baby unterversorgt ist, ist es wichtig, sich an den Frauenarzt oder die Hebamme zu wenden und zu besprechen, auf welche Art und Weise wichtige Vitamine und Nährstoffe vom Körper aufgenommen werden können.

Die Rhesusunverträglichkeit

Die Mutter und das ungeborene Kind müssen nicht zwangsläufig dieselbe Blutgruppe haben, sondern es kann durchaus vorkommen, dass die Mutter Rhesus-negativ und das Kind Rhesus-positiv ist. An und für sich ist das kein Problem, kann aber zu einem werden, wenn die Mutter bei Blutkontakt Antikörper gegen diesen Rhesusfaktor entwickelt.

Gut zu wissen:

Zu Blutkontakt kann es bei vaginaler Blutung, bei einem Trauma oder auch bei vorzeitigen Wehen oder während der Geburt kommen. Entwickelt die Frau Antikörper, können diese über die Plazenta zu dem Kind gelangen und bei diesem zu einer Blutarmut oder einer schweren Neugeborenengelbsucht führen.

Interessant:

Ist das Kind Rhesus-negativ, wie die Mutter, kommt es nicht zu Komplikationen und du musst dir keine Sorgen um die Rhesusunverträglichkeit machen.

Allerdings sind wir in der heutigen Zeit technisch und auch medizinisch bereits so weit, dass im Rahmen der Schwangerschaftsvorsorge bereits ein Antikörpertest durchgeführt wird und die Mutter während der letzten drei Monate der Schwangerschaft eine Spritze bekommt. Mit dieser wird ihr Anti-D-Globulin zugeführt, was verhindert, dass sich Antikörper gegen das Kind bilden. Diese Spritze wird vorsorglich gegeben, da noch nicht klar ist, welche Blutgruppe das Kind hat. Nach der

Geburt wird die Blutgruppe des Kindes bestimmt und die Mutter bekommt, falls es Rhesus-positiv ist, eine zweite Spritze. Diese ist für eine zweite Schwangerschaft und für ein mögliches zweites Kind wichtig.

Die Blutungen in der Früh- und in der Spätschwangerschaft

Es ist nicht ungewöhnlich, dass es während der Schwangerschaft zu Blutungen kommt – vor allem in den ersten Wochen treten bei circa einem Viertel der schwangeren Frauen Blutungen auf. Oft sind diese harmlos, sollten dennoch beobachtet und abgeklärt werden. Das ist vor allem dann der Fall, wenn das Blut rot und somit frisch ist. Weist das Blut eine braune Farbe auf, ist das oft ein Anzeichen dafür, dass es sich bei dem Blut um altes Blut handelt. Dennoch sollte auch in diesem Fall immer auf Nummer sicher gegangen werden und deine Partnerin sollte sich an ihre Hebamme oder an ihren Frauenarzt wenden.

Die Frühschwangerschaft

In den ersten Wochen der Schwangerschaft kommt es nicht selten zu den sogenannten Schmierblutungen oder Einnistungsblutungen. Diese sind vollkommen normal und auf die Umstellung der Hormone und der Einnistung des Eis in die Gebärmutter zurückzuführen.

Auch beim Sex kann es zu Kontaktblutungen kommen,

was im ersten Moment oft einen Schock bedeutet. Fühle dich, sofern das passieren sollte, jedoch nicht schuldig und wende dich mit deiner Partnerin an die Hebamme oder den Frauenarzt, um feststellen zu lassen, ob es sich um eine reine Kontaktblutung handelt. (In der Regel ist das der Fall).

Zwar sind Blutungen oft nur ein Warnzeichen des Körpers, dass es deine Partnerin etwas langsamer angehen lassen sollte, doch sie sollten immer abgeklärt werden. Sie könnten auf eine Eileiterschwangerschaft, eine drohende Fehlgeburt oder eine Schwäche des Gebärmutterhalses hinweisen.

Die Spätschwangerschaft

Die Schwangerschaft wird ab der Vollendung der 20. SSW als Spätschwangerschaft bezeichnet. Da die Schmierblutungen in der Spätschwangerschaft vorbei sein sollten, sollten auch Blutungen in der Spätschwangerschaft abgeklärt werden, da diese kurz vor der Geburt auf das baldige Einsetzen der Wehen hindeuten könnten. Allerdings geht in diesem Zusammenhang nicht nur Blut, sondern auch der Schleimtropf ab, welchen man ganz klar an seiner Optik und Konsistenz identifizieren kann.

Tritt Blut in Kombination zu Schmerzen im Unterleib auf,

könnte dies zudem auf eine Komplikation mit der Plazenta oder auf eine Lösung der Plazenta hinweisen.

Also:

Blutungen sind in den meisten Fällen zwar harmlos, sollten jedoch immer abgeklärt werden.

Interessant:

Normal setzt die Regel der Frau mit dem Eintreten der Schwangerschaft aus und sie hat nicht nur über den Zeitraum der Schwangerschaft hinweg, sondern auch über einen längeren Zeitraum darüber hinaus nicht ihre Tage. Wenn sie stillt, ist es wahrscheinlich, dass die Tage erst dann wiedereinsetzen, wenn sie mit dem Stillen aufhört.

Allerdings trifft dies nicht auf alle Frauen zu, sodass sich bei einigen Schwangeren das Phänomen manifestiert, zu dem Zeitpunkt, an welchem normal der Zyklus einsetzen würde, leichte Blutungen zu haben. Natürlich sollte dies auf jeden Fall abgeklärt werden, doch wenn man die Gewissheit hat, dass es sich um „normale" Blutungen handelt, kannst du diesbezüglich vollkommen unbesorgt sein.

Die Muttermundschwäche

Zu einer Schwäche des Muttermundes kann es vor allem zwischen dem 4. und dem 6. Monat der Schwangerschaft kommen. Bei dieser Schwäche handelt es sich, um genau zu sein, um eine vorzeitige Öffnung des Gebärmutterhalses, was nicht passieren dürfte.

Denn der Gebärmutterhals ist dafür da, das Kind vor Infektionen zu schützen. Wenn es tatsächlich vorkommen sollte, dass der Muttermund vorzeitig offen ist, können Maßnahmen ergriffen werden, um die Öffnung zu schließen und somit mögliche Folgen, wie zum Beispiel eine Fehl- oder Frühgeburt zu vermeiden.

Plazentakomplikationen

Es gibt in Bezug auf die Plazenta einige Komplikationen, über welche du Bescheid wissen solltest. So gibt es unter anderem die Plazentainsuffizient, die vorzeitige Plazentalösung oder auch die Plazenta praevia. Bei der Plazentainsuffizient wird das Kind nicht optimal versorgt. Bei einer vorzeitigen Plazentalösung löst sich der Mutterkuchen während der Schwangerschaft entweder ganz oder teilweise, sodass es auch in diesem Fall zu einer teilweisen Mangelversorgung des ungeborenen Kindes kommen kann. Bei der Plazenta praevia handelt es sich um den Mutterkuchen, der tief in der Gebärmutter liegt. Das kann ein Hindernis für die Geburt sein und unter Umständen auch Blutungen vor und während der Geburt provozieren.

Vorzeitiger Blasensprung

Wenn die Fruchtblase platzt, ist das eigentlich ein Indiz dafür, dass es bald mit der Geburt losgeht. Doch, was passiert, wenn der Blasensprung zu früh stattfindet und der berechnete Geburtstermin noch in weiter Ferne liegt?

Interessant:

Von einem frühzeitigen Blasensprung ist immer dann die Rede, wenn die Fruchtblase vor der 37. SSW platzt.

Nicht immer bedeutet ein vorzeitiger Blasensprung, dass die Wehen einsetzen und sich das Kind auf den Weg macht. Es gibt durchaus Fälle, in welchen der Riss in der Fruchtblase nur ganz klein ist und sich nach und nach von alleine wieder schließt.

Wenn deine Partnerin glaubt, Flüssigkeit zu verlieren, sollte sie auf jeden Fall den Rat eines Fachmanns aufsuchen und abklären lassen, ob es sich um einen Riss in der Fruchtblase handelt und ob sie genug Fruchtwasser hat. Wenn deine Partnerin Fruchtwasser verloren hat, wird ihr in der Regel ein Antibiotikum verschrieben werden, um verhindern zu können, dass es zu einer Infektion und in Folge der Infektion zu einer Frühgeburt kommt.

Da eine Frühgeburt in einigen Fällen jedoch nicht verhindert werden kann, wird auch oft Cortison verschrieben, um die Lungenreife des ungeborenen Kindes zu fördern und somit sicherzustellen, dass es im Falle einer Frühgeburt gut und im besten Fall selbstständig atmen kann.

Zu viel oder zu wenig Fruchtwasser

Mit Sicherheit kennst du die beiden Sprüche "Je mehr umso besser" oder "Weniger ist mehr". In Bezug auf das Fruchtwasser in der Fruchtblase sind beide Sprüche unangemessen, da es nicht nur ein Problem sein kann, wenn das ungeborene Baby von zu wenig Fruchtwasser umgeben ist, sondern es auch ein Risiko sein kann, wenn zu viel Fruchtwasser vorhanden ist.

Zu viel Fruchtwasser

Zunächst einmal ist es wichtig zu wissen, dass nur circa 0,5 Prozent aller Schwangeren zu viel Fruchtwasser haben und es sich somit um eine recht selten vorkommende Komplikation während der Schwangerschaft handelt.

Oft sind Frauen betroffen, welche bereits die Diagnose des Schwangerschaftsdiabetes erhalten haben oder mit mehr als einem Kind schwanger sind.

Je nachdem, wie weit die Schwangerschaft fortgeschritten ist, wird im Fall des übermäßigen Fruchtwassers die Geburt eingeleitet oder es besteht auch die Möglichkeit Fruchtwasser aus der Fruchtblase zu entnehmen, um die Gebärmutter zu entspannen und das Einsetzen frühzeitiger Wehen zu verhindern.

Zu wenig Fruchtwasser

Damit dein ungeborenes Kind im Bauch deiner Partnerin gut wachsen und gedeihen kann, ist es wichtig, dass es von der richtigen Menge an Fruchtwasser umgeben ist. Ist dieser Umstand bei einer Unterversorgung mit Fruchtwasser nicht gegeben, kann es zu Fehlbildungen beim Fötus kommen, weshalb in vielen Fällen die Fruchtblase mit einer Lösung aus Zucker und Kochsalz aufgefüllt wird.

Sollte die Schwangerschaft schon weiter fortgeschritten sein, kann die Geburt aber auch eingeleitet werden – darüber entscheidet der Fachmann.

Die Fehlgeburt

Das, wovor viele Angst haben, wenn sie den positiven Schwangerschaftstest in der Hand halten, ist die Angst vor einer möglichen Fehlgeburt. Oft erlauben wir es uns gar nicht, uns richtig zu freuen, weil wir bereits die Horrorszenarien vor unserem inneren Auge sehen und uns vorstellen, was alles passiert, wenn die Partnerin eine

Fehlgeburt erleidet. Leider kommt es vor, dass Frauen eine Fehlgeburt erleiden und somit das ungeborene Kind verlieren. Das kann sowohl zum Anfang der Schwangerschaft als auch zu einem späteren Zeitpunkt erfolgen.

Wenn die Frau bereits in den ersten Wochen der Schwangerschaft eine Fehlgeburt erleidet, ist dies in der Regel auf den Umstand zurückzuführen, dass sich der Embryo nicht richtig in der Gebärmutterwand eingenistet hat, oder dass er gravierende Störungen hatte, sodass er nicht überlebt hätte.

Es gibt weitere Ursachen, welche dazu beitragen können, dass Frauen nicht nur zum Anfang der Schwangerschaft, sondern auch zu einem späteren Zeitpunkt eine Fehlgeburt erleiden können. In vielen Fällen sind die Ursachen unbekannt und können nicht genau benannt werden.

Allerdings gibt es auch Fälle, in denen sich eine Fehlgeburt andeutet und somit noch vorgebeugt werden kann, indem entsprechende Maßnahmen eingeleitet werden.

Die Frühgeburt

Von einer Frühgeburt ist immer dann die Rede, wenn das Kind mindestens zwei Wochen zu früh kommt. Das heißt, dass ein Kind, welches vor der vollendeten 37.

SSW auf die Welt kommt, genauso als Frühgeburt bezeichnet wird, wie ein Baby, welches mehrere Wochen oder gar Monate zu früh auf die Welt kommt. Natürlich ist eine Frühgeburt immer ein Schock und Sorgen rund um das Wohl des Kindes machen sich breit. Zum Glück leben wir in einer Welt, in der Frühgeburten sehr gut begleitet werden, sodass viele der zu früh geborenen Kinder überleben und sich auch recht normal entwickeln können.

Wenn sich eine Frühgeburt andeutet, kann die Frau diese durch Ruhe und durch die Einnahme bestimmter Medikamente hinauszögern. Wenn jedoch erst einmal die Wehen eingesetzt haben, ist es schwer, die Geburt hinauszuzögern. Wie die Überlebenschancen eines zu früh geborenen Kindes sind, kommt immer auf die individuelle Situation und die medizinische Betreuung während und nach der Geburt an. Allerdings kann man sagen, dass ein Kind, welches vor der Vollendung der 24. SSW geringere Überlebenschancen hat als ein Kind, das in der 35. SSW geboren wird.

Die Übertragung

„Das erste Kind kommt immer zu spät! " – das ist eine Aussage, welche man immer wieder zu hören bekommt und zur selben Zeit handelt es sich um eine Annahme, von der sehr viele Menschen überzeugt sind.

Eine normale Schwangerschaft dauert, wie du nun inzwischen schon weißt, circa 40 Wochen. Allerdings finden die Geburten mit einer Wahrscheinlichkeit von circa 50 Prozent nach der Vollendung der 40 Wochen statt, was an und für sich jedoch kein Problem und kein Risiko darstellt.

Interessant:

Alle Kinder, die zwischen der 38. und der 42. SSW geboren werden, werden als „normale“ Geburt bezeichnet.

Dauert die Schwangerschaft allerdings länger als 42 Wochen an, ist von einer Übertragung die Rede, was für das Kind schnell zum Risiko werden kann, wenn die Plazenta altert und nach und nach an Funktion einbüßt.

Um weitere Folgen der Übertragung verhindern zu können, wird die Geburt in der Regel nach der 42. SSW eingeleitet.

Die Gebärmuttermyome

Bei Frauen ist es keine Seltenheit, dass sie unter Myomen an der Gebärmutter leiden. In der Tat konnte im Rahmen unterschiedlicher Untersuchungen festgestellt werden, dass jede fünfte Frau über 30 über diese Myome verfügt.

Bei Myomen handelt es sich um gutartige Muskelgeschwulste, welche entweder alleine oder mehrfach auftreten können und langsam in ihrer Größe wachsen.

Das Wachstum dieser Myome kann dazu führen, dass es zu unregelmäßigen Blutungen kommt oder die Frau unter Schmerzen leidet. Oft ist es allerdings der Fall, dass die Myome zufällig während des Ultraschalls in der Schwangerschaft entdeckt werden, da die meisten Frauen mit absolut keinen Schmerzen oder Beschwerden zu kämpfen haben.

Allerdings können viele und vor allem große Myome an der Gebärmutter das Risiko von Fehlgeburten oder auch einen vorzeitigen Blasensprung erheblich erhöhen. Der Frauenarzt wird in diesem Fall abwägen, ob die Myome entfernt werden sollen oder ob schlicht und ergreifend Bettruhe und die Einnahme bestimmter Medikamente verschrieben werden.

Die schwangerschaftsbedingten Hauterkrankungen

In der Schwangerschaft spielen die Hormone verrückt, sodass es durchaus vorkommen kann, dass deine Partnerin am Morgen mit einem dritten Auge auf der Stirn aufwacht.

Beim genaueren Betrachten stellt sich heraus, dass es sich um einen großen Pickel handelt. Sie wird des Öfteren mit Rötungen an einzelnen Stellen des Körpers zu kämpfen haben.

Hautveränderungen in der Schwangerschaft sind bis zu einem gewissen Grad normal, stellen aber ein Problem dar, wenn sie zu starkem Juckreiz oder gar Schmerzen führen.

Es gibt diesbezüglich viele unterschiedliche Hauterkrankungen, unter welchen Frauen in der Schwangerschaft leiden können, wobei diese in der Regel mit verschiedenen Salben behandelt werden.

Bluthochdruck

Bei Bluthochdruck handelt es sich um eine Komplikation, die bei 5 bis 10 Prozent aller Frauen auftritt, wobei erst ab einem Wert von 140/90 mmHg oder mehr von einem krankhaft erhöhten Blutdruck die Rede ist.

Oft haben Frauen erst gegen Ende der Schwangerschaft mit Bluthochdruck zu kämpfen, was auch der Grund dafür ist, dass die Hebamme deiner Partnerin ihren Blutdruck im Rahmen der Vorsorgeuntersuchungen regelmäßig prüft.

Wichtig:

Wenn deine Freundin bereits vor der Schwangerschaft unter Bluthochdruck gelitten hat, sollte sie ihren Bluthochdruck während der Schwangerschaft strenger und regelmäßiger kontrollieren, als dies bei Frauen notwendig ist, die vorher nicht mit diesem Problem zu kämpfen hatten.

Gestationsdiabetes (Schwangerschaftsdiabetes)

Im Abschnitt zur Ernährung wurde bereits auf das Risiko der Schwangerschaftsdiabetes eingegangen. Eine Schwangerschaftsdiabetes tritt nicht nur bei Frauen auf, welche schon vor der Schwangerschaft unter Diabetes gelitten haben, sondern kann auch bei Frauen auftreten, die zuvor kerngesund waren.

Das Risiko einer Gestationsdiabetes besteht dabei darin, dass das Kind viel zu schnell wächst und somit bereits Wochen vor dem Geburtstermin ein zu großes Gewicht hat und möglicherweise gar nicht durch das Becken der Mutter passt. Aus diesem Grund ist es auch ein Bestandteil der Vorsorgeuntersuchung, dass im Zeitraum zwischen der 24. und 28. SSW ein Zuckerbelastungstest durchgeführt wird, um festzustellen, ob die Frau unter einer Schwangerschaftsdiabetes leidet oder nicht.

Der Gallenstau (Schwangerschafts-Cholestase)

Bei Gallenstau handelt es sich um ein Phänomen, welches nur einmal in circa 1000 Schwangerschaften auftritt.

Frauen, welche mit diesem Problem zu kämpfen haben, müssen sich diesem oft erst in den letzten drei bis vier Monaten der Schwangerschaft stellen, wobei die Funktion der Leber durch die Gallensteine erheblich beeinflusst wird und nicht nur zu vorzeitigen Wehen, sondern sogar zu Totgeburten führen kann. Umso wichtiger ist es, sich direkt an einen Fachmann zu wenden, wenn die Frau ein Jucken in den Handflächen und den Fußsohlen verspüren sollte, um abklären zu können, ob es sich möglicherweise um Gallensteine handelt, die mit Medikamenten und bestimmten Salben behandelt werden können.

Die Thrombose

Frauen haben in der Schwangerschaft ein allgemein höheres Thromboserisiko, als vor der Schwangerschaft. Das trifft vor allem auf Frauen zu, die aufgrund bestimmter Risiken zu Bettruhe gezwungen sind und sich nicht sonderlich viel bewegen dürfen.

Allerdings sind auch die Hormone, welche während der

Schwangerschaft verrücktspielen, nicht unbeteiligt daran, dass die Blutgerinnung beeinflusst wird.

Durch das steigende Gewicht, welches die Beine während der Schwangerschaft tragen müssen, kann es zudem dazu kommen, dass sich das Blut in den Becken- und Beinvenen staut und sich somit nicht nur Krampfadern bilden können, sondern sich auch eine echte Thrombose entwickeln kann. Zwar gibt es einige Frauen, welche genetisch schlicht und ergreifend vorbelastet sind und somit ein sehr viel höheres Risiko haben, sich mit einer Thrombose auseinandersetzen zu müssen. Generell kannst du deine Partnerin dazu animieren, sich ausreichend zu bewegen und gemeinsam mit ihr spazieren gehen, damit die Durchblutung der Beine gefördert und das Risiko der Thrombose gesenkt wird.

Vorgebeugt werden kann einer Neigung zur Thrombose auch durch die Einnahme blutverdünnender Medikamente oder durch das Tragen sogenannter Kompressionsstrümpfe.

Das HELLP-Syndrom

Das HELLP-Syndrom ist im Zusammenhang mit der Schwangerschaftsvergiftung zu sehen, da es sich bei diesem Symptom im Grunde genommen um eine Schwangerschaftsvergiftung handelt, welche zusätzlich mit Blutgerinnungsstörungen, der Reduzierung der

Blutplättchen und erhöhten Leberwerten einhergeht.

Die Oberbauchschmerzen, welche bis in den Rücken strahlen und charakteristisch für das HELLP-Syndrom sind, treten in der Regel in dem letzten Drittel der Schwangerschaft auf und es ist wichtig, dass direkt gehandelt wird. Ansonsten kann das HELLP-Syndrom unter Umständen zu einem lebensbedrohlichen Zustand nicht nur für das ungeborene Kind, sondern auch für die Mutter werden.

Allerdings kann mit einem unmittelbaren Kaiserschnitt direkt die Geburt durchgeführt werden und die Kinder weisen in der Regel keine Folgeerscheinungen des HELLP-Syndroms während der Schwangerschaft auf.

Die Präeklampsie

Unter der Bezeichnung der Präeklampsie versteht man eine Schwangerschaftsvergiftung, welche nicht aufgrund giftiger Lebensmittel auftritt, sondern welche bei einigen Frauen nach der 20. SSW auftritt.

Wieso es zu einer solchen Schwangerschaftsvergiftung kommen kann, ist noch nicht vollkommen geklärt, doch wenn deine Partnerin unter Kopfschmerzen, Augenflimmern, Schmerzen im Oberbauch und allgemeinem Unwohlsein leidet, sollte sie ihren Zustand abklären lassen.

Zwischen 5 bis 10 Prozent der Schwangeren erhalten während der Schwangerschaft die Diagnose der Schwangerschaftsvergiftung, was gefährlich für die Mutter und auch für das Kind werden kann, wenn die Vergiftung unerkannt bleibt.

Denn durch die Mangelversorgung an Nährstoffen und Sauerstoff kann es bei dem Kind zu einer Verzögerung im Wachstum kommen und in schlimmen Fällen muss die Geburt sogar frühzeitig eingeleitet werden.

Gut zu wissen:

Eine Schwangerschaftsvergiftung kann heutzutage sehr gut behandelt und erkannt werden, sodass mit der richtigen Behandlung verhindert werden kann, dass weder Mutter noch Kind unter möglichen Folgen leiden.

Vorsicht ist die Mutter der Porzellankiste

Du hast nun einen recht guten und umfangreichen Einblick in die Risiken bekommen, die während der Schwangerschaft auftreten können und bist nun natürlich besonders achtsam und aufmerksam, was die Gesundheit deiner Partnerin angeht.

Im Grunde genommen ist es auch richtig, dass Vorsorge besser als Nachsorge ist, dennoch solltest du auch immer Vertrauen in den Frauenarzt und das Körpergefühl deiner Partnerin haben.

Die Schwangerschaft ist eine spannende und aufregende Zeit, welche nicht von Angst vor Risiken und Komplikationen getrübt werden sollte. Es ist wichtig und richtig, dass du dir darüber bewusst bist, dass es Risiken gibt und dass du und deine Partnerin auf den Körper deiner Partnerin hört. Es ist ebenso wichtig, nicht direkt die Pferde scheu zu machen, wenn der Magen das Essen auf direktem Weg zurück nach oben katapultiert. Das Kopfweh klopft wieder einmal an die Tür, um es sich gemeinsam mit dem Schweinehund auf der Couch gemütlich zu machen und sorgt dafür, dass sogar die Füße einschlafen, kribbeln und am liebsten gar nicht mehr aufwachen wollen.

Wann muss ich mir Sorgen machen?

Vertraue dir und deiner Freundin und sieh nicht jedes kleine Wehwehchen als Anzeichen einer Krankheit, halte dennoch deine Augen offen und achte auf bestimmte Signale, bei denen du dich mit deiner Partnerin zu dem Frauenarzt begeben solltest. So ist es besser ganz gemäß dem Sprichwort „Vorsorge ist besser als Nachsorge" zu handeln, wenn deine Partnerin unter folgenden Beschwerden leidet:

- *Ein krankheitsähnliches Gefühl, welches über mehrere Tage andauert und mit Fieber über 38 Grad einhergeht.*
- *Mehrfaches Erbrechen am Tag, sodass keine Nahrung mehr im Magen behalten werden kann.*

- *Blutungen aus der Scheide – ganz egal, ob es sich um Schmierblutungen oder viel Blut handelt.*
- *Plötzlich auftretende und starke Schmerzen im gesamten Bereich des Bauches.*
- *Ein sehr starker Harndrang oder auch Schmerzen und Brennen während des Wasserlassens.*
- *Viele und vor allem stark beeinträchtigende Wassereinlagerungen an den Beinen und Füßen, aber auch an den Händen und in den Armen.*
- *Starkes Kopfweh mit Schwindel und verschwommener Wahrnehmung.*
- *Immer schwächer werdende Kindsbewegungen im Bauch oder wenn die Bewegungen sogar für einen ganzen Tag ausbleiben.*

Und, wenn deine Partnerin schlicht und ergreifend kein gutes Gefühl haben sollte, ist es nie verkehrt, zum Frauenarzt zu fahren, um eine Kontrolle durchzuführen. Lieber einmal zu viel als einmal zu wenig.

Besser fährst du einmal zu oft mit ihr zum Frauenarzt, kannst dich danach aber entspannen, als dass sich deine Partnerin den Kopf zerbricht, sich stresst und sich somit nicht entspannen kann.

Eine entspannte werdende Mama ist nicht nur für das ungeborene Baby in ihrem Bauch besser und angenehmer, sondern auch für dich. Vertraue deiner Partnerin, unterstütze sie und nimm sie mit ihren Sorgen und Ängsten ernst.

Körperpflege für den runden Bauch

Mit dem Fortschreiten der Schwangerschaft wird das Baby im Bauch deiner Partnerin immer größer, was auch dazu führt, dass der Bauch von Woche zu Woche immer ein Stück weiterwächst. Während der Bauch am Anfang der Schwangerschaft noch nicht so groß ist, wächst dieser ab der Mitte des zweiten Drittels der Schwangerschaft besonders schnell, was für die Haut eine sehr große Beanspruchung darstellt.

Zwar ist die Haut dehnbar, sodass sich das Kind im Inneren des Bauches der Mutter immer weiter ausbreiten und sich somit auch immer mehr Platz machen kann, doch in vielen Fällen leidet die Haut unter der Dehnung und drückt dies über die Bildung von Streifen und anderen Merkmalen aus.

Es kommt nicht selten vor, dass sich sogenannte Dehnungsstreifen auf der Haut bilden, was eine Folge der starken Dehnung während der Schwangerschaft ist. Je mehr das Baby wächst, umso mehr dehnt sich auch die Haut im Bereich des Bauches. Es kann in einigen Fällen zwar durchaus sein, dass sich keine Streifen auf dem Bauch bilden, weil die Frau schlicht und ergreifend über ein gutes Bindegewebe verfügt, doch in vielen Fällen reißt das Gewebe ein und es kommt zu dem bekannten Zebramuster. Wenn es einmal da ist, geht es auch nicht mehr so einfach und schnell weg.

Um der Bildung dieser Dehnungsstreifen vorbeugen und allgemein sicherstellen zu können, dass der Bauch gepflegt wird, gibt es unterschiedliche Möglichkeiten, den Bauch pflegen und behandeln zu können.

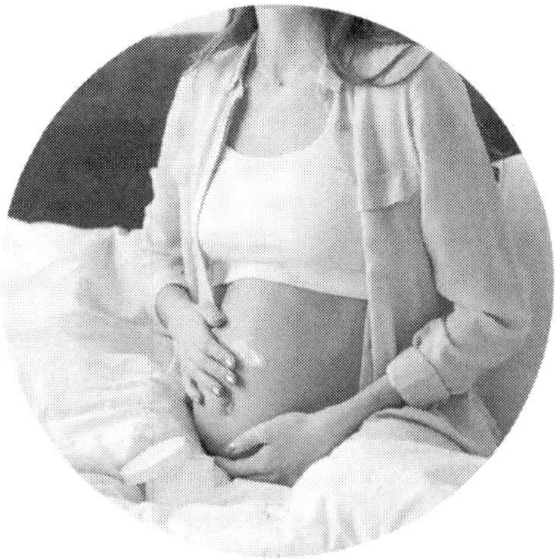

Wichtig ist in diesem Zusammenhang, die Haut nicht erst zu pflegen, wenn er bereits an Umfang gewinnt, sondern bereits zu Beginn der Schwangerschaft auf die richtigen und entsprechenden Produkte zurückzugreifen, mit welchen der Bauch rundum gepflegt und auf die ihm bevorstehende Dehnung vorbereitet werden kann.

Die tägliche Pflege des Körpers ist bereits vor dem Eintreten der Schwangerschaft wichtig, doch vor allem, wenn deine Partnerin den positiven Schwangerschaftstest in der Hand hält, ist es umso wichtiger dafür zu sorgen, dass die Haut des Bauches mit ausreichend Feuchtigkeit und Nährstoffen versorgt und auf die kommenden Monate der Schwangerschaft vorbereitet wird.

Interessant

ist im Zusammenhang mit der Pflege des Bauches, dass unter der Pflege nicht nur die Verwendung von Ölen und Cremes verstanden wird, sondern dass auch durch bestimmte Bewegungen und Vorgehensweisen ohne jegliche Utensilien der Bauch gepflegt werden kann.

Die Massage

Um das Gewebe der Haut auf die Dehnung, die der Bauch in den kommenden neun Monaten erfahren wird, vorbereiten zu können, bietet es sich an, den Bauch zu massieren. Für diese Zwecke gibt es viele verschiedene Techniken, auf welche man zurückgreifen kann. Grundsätzlich gilt es, nicht zu stark auf die Bauchdecke zu drücken und den Bauch sanft zu massieren.

Kreisende Bewegungen auf dem Bauch, an den Hüften und auch am Rücken können nicht nur die Haut besser durchbluten und somit besser auf die Dehnung in der Schwangerschaft vorbereiten, sondern auch für eine gute Entspannung der Frau sorgen. Denn vor allem zum Anfang der Schwangerschaft muss sich deine Partnerin erst an die Umstellung der Hormone und somit an die

neue Situation gewöhnen, sodass ihr gezielte Massagen durchaus dabei helfen können, zu entspannen und ggf. auch die Übelkeit besser zu ertragen.
Oft macht sich in den ersten Wochen der Schwangerschaft auch ein Ziehen im Unterleib bemerkbar, was durch sanfte Massagen ebenfalls gut behandelt werden kann.

Das Öl

Öl ist ein weiteres Mittel, auf welches zurückgegriffen werden kann, um den runden Bauch in der Schwangerschaft pflegen zu können.

Am besten wendest du das Öl im Zusammenhang mit der Massage an, da es mit seiner Konsistenz das Massieren des Bauches erheblich erleichtert. In der Tat solltest du davon absehen, den Bauch deiner Partnerin ohne die Verwendung hochwertigen Öls zu massieren, da es auf der Haut nach einiger Zeit unangenehm werden kann, wenn ohne ein Hilfsmittel, wie zum Beispiel eine Creme oder ein Öl massiert wird.

Achte bei dem Kauf des Öls für die Massage auch darauf, dass es sich um ein Öl handelt, welches während der Schwangerschaft ohne Probleme verwendet werden darf. Da die Haut die Bestandteile von Ölen und Cremes aufnimmt, ist es wichtig, auf eine gute und vor allem natürliche Zusammensetzung zu achten, um sicherzustellen, dass die Haut auf die beste und hochwertigste Art und Weise gepflegt und mit wichtigen Nährstoffen versorgt wird.

Ich empfehle dieses Öl, es hat sich gut bewährt und ist sehr angenehm auf der Haut. Einfach den QR-Code einscannen und du wirst zum Produkt geleitet.

Das Zupfen

Das Zupfen ist in einem gewissen Sinne mit einer Massage zu vergleichen, wobei die Massage jedoch etwas sanfter erfolgt, als das Zupfen. Wie du dir vielleicht bereits schon denken kannst, handelt es sich bei dem Zupfen um eine besondere Art und Weise, den Bauch während der Schwangerschaft zu behandeln.

Achtung! Nicht jede Frau empfindet das Zupfen der Haut im Bereich des Bauches als angenehm, weshalb du dich erst langsam an das Zupfen herantasten und auf deine Partnerin hören solltest, wenn sie dir sagt, dass sie

den Bauch lieber auf andere Art und Weise pflegen möchte. Um den Bauch über die Zupfmassage pflegen zu können, ist es wichtig, mit Vorsicht vorzugehen und die Massage sanft durchzuführen.
Ziehe kleine Hautröllchen am Bauch hoch und zupfe diese ganz vorsichtig, bevor du die Rolle wieder loslässt. Ziehe dabei nicht zu hoch, damit deine Partnerin die Massage nicht als unangenehm empfindet. Die Zupfmassage regt die Durchblutung der Haut an und wird von der Partnerin allgemein als angenehm empfunden.

Der Juckreiz

Durch die Tatsache, dass sich in der Schwangerschaft die Hormone verändern und somit auch oft verrücktspielen, haben viele Frauen mit einem starken Juckreiz auf der Bauchdecke zu kämpfen, in der Regel wird er nicht besser werden, wenn sich die Frau kratzt. Demnach ist es umso wichtiger, mit den richtigen Pflegeprodukten gegen diesen Juckreiz vorzugehen, was durch gezielte Cremes und Öle möglich ist. Am besten lässt du deine Partnerin auf dem Bett entspannen und massierst ihr den Bauch oder cremst ihr diesen ein. Die Pflege des Bauches bringt dabei nicht nur die Vorteile mit sich, den Körper der Frau auf die bevorstehende Dehnung vorzubereiten, sondern genießt du im Rahmen der Massagen und des Eincremens auch eine intime Zweisamkeit mit deiner

Partnerin. Kostet die Momente aus und macht die Pflege des runden Bauchs zu einem Ritual, welches ihr in euren Tagesablauf integriert.

Um es also nochmal festzuhalten, kann mit der richtigen und angemessenen Pflege des Bauches in der Schwangerschaft von den folgenden Vorteilen profitiert werden:

- *Der Bildung von Dehnungsstreifen wird vorgebeugt.*
- *Die Haut wird mit wichtigen Nährstoffen versorgt.*
- *Es wird sichergestellt, dass die Haut über ausreichend Feuchtigkeit verfügt.*
- *Die Durchblutung der Haut wird angeregt.*
- *Juckreiz kann bekämpft werden.*
- *Die Frau entspannt sich.*
- *Die Pflege kann als Routine und tägliches Event als gemütliche und intime Zeit der Zweisamkeit genutzt werden.*

Wie oft sollte der Bauch gepflegt werden?

Die tägliche Körperpflege sollte ein fester Bestandteil deines Lebens und der deiner Partnerin sein. Aus diesem Grund sollte auch die Pflege des Bauches mit in diese Routine aufgenommen und in diesem Rahmen täglich gepflegt werden. Die Pflege des Bauches wird über die Massage und auch über das Zupfen als äußerst angenehm und entspannend empfunden, weshalb es auch vollkommen in Ordnung ist, wenn deine Partnerin einmal keine Lust auf die Massage hat und lieber einen Tag aussetzt. Einige Anleitungen im Internet und auch Verpackungshinweise auf den Ölen und Cremes empfehlen zwar, den Bauch zweimal täglich – einmal am Morgen und einmal am Abend – zu massieren, doch wenn die Frau nur einmal täglich den Bauch pflegen möchte, ist das auch vollkommen in Ordnung.

Wird nur der Bauch gepflegt?

Auch, wenn es Frauen nicht gerne hören und du es deiner Partnerin nicht direkt unter die Nase reiben solltest – Frauen nehmen in der Schwangerschaft zu! Natürlich ist der Bauch der Bereich des Körpers, welcher am meisten wächst und somit an Volumen gewinnt und demnach auch am meisten Pflege in Anspruch nimmt, doch er ist nicht die einzige Stelle des Körpers, welche regelmäßig gepflegt werden sollte.

Auch an den Bereichen der Arme, der Beine, der Hüften und des Pos ist es sinnvoll, die Haut zu pflegen, zu massieren oder zu zupfen, um auch dort die Durchblutung anzuregen und verhindern zu können, dass sich aufgrund der Gewichtszunahme Dehnungsstreifen bilden.

Am besten verpackst du es vor deiner Partnerin in anderen Worten und reibst ihr nicht auf die Nase, dass du davon ausgehst, dass sie an Gewicht zunehmen wird, sondern möchtest ihr einfach eine umfangreiche Massage und Pflege des Körpers gönnen.

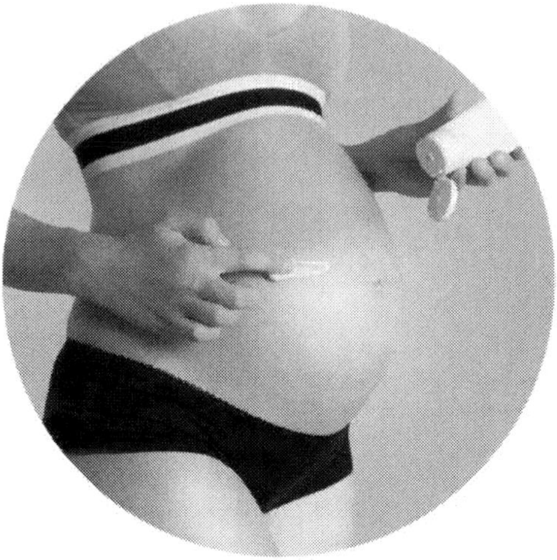

Oft findest du im Übrigen auch direkt auf der Verpackung von Ölen und Cremes, die in der Schwangerschaft für die Pflege zum Einsatz kommen können, interessante und wichtige Hinweise, für welche Stellen sich das Produkt jeweils eignet und auf welche Art und Weise es angewandt wird.

Andernfalls kannst du auch im Internet Vorlagen und Anleitungen finden, um die richtige Technik für die Massage zu finden.

Interessant:

Nicht jede Frau möchte während der Schwangerschaft angefasst werden. Das hat nichts mit dir zu tun, sondern basiert schlicht und ergreifend auf der Tatsache, dass die Hormone verrücktspielen und deine Partnerin vor allem zum Beginn der Schwangerschaft mit voller Wucht treffen. Zwar fühlen sich die Frauen im zweiten Drittel der Schwangerschaft oft sehr gut und auch wieder attraktiver, doch vor allem zum Beginn der neun Monate fühlen sich Frauen oft schlecht, unattraktiv und schlapp. Während einige in dieser Zeit ein erhöhtes Bedürfnis nach Nähe und Wärme haben, reagieren andere Frauen mit Abneigung und Ablehnung auf die Umstellung der Hormone. Wenn sich deine Partnerin also nicht von dir anfassen lassen möchte, nimm das nicht persönlich und mache ihr diesen Umstand auch nicht zum Vorwurf. Biete immer wieder an, ihr den Bauch zu massieren, sei dabei aber nicht zu aufdringlich.

Kann die Pflege des Bauches der Bildung von Dehnungsstreifen tatsächlich vorbeugen?

Viele Frauen interessieren sich für die Pflege des Bauches vor allem aus dem Grund, weil sie der Bildung von Dehnungsstreifen vorbeugen wollen. Das ist durchaus möglich, da die Haut durch das Zupfen oder auch das Massieren besser durchblutet wird.

Allerdings muss in diesem Zusammenhang auch gesagt werden, dass jede Frau anders ist und somit auch jeder Körper anders auf die Schwangerschaft und die Dehnung der Haut reagiert.

Du weißt nie, mit welchem Fuß deine Partnerin während

der Schwangerschaft zuerst aufsteht, und wie launisch sie ist, sodass es immer gut ist, wenn du dich mit Fakten und Tatsachen absichern kannst. Somit ist es also gut zu wissen, dass die regelmäßige und richtige Pflege des Bauches zwar durchaus dazu beitragen kann, der Bildung von Dehnungsstreifen vorzubeugen, es jedoch auch immer eine Frage des Gewebes ist, ob und inwiefern Dehnungsstreifen entstehen oder eben verhindert werden können.

Leiden Frauen unter einem schwachen Bindegewebe, trägt dieser Umstand dazu bei, dass sich trotz deiner guten und intensiven Pflege Dehnungsstreifen bilden. Das heißt aber nicht, dass die Pflege des Bauches unsinnig ist und du den Bauch deiner Partnerin nicht weiter massieren sollst.

Die Pflege des Bauches ist immer gut, um die Haut mit Nährstoffen und Feuchtigkeit zu versorgen, sodass der Bereich des Körpers auch dann weiter gepflegt werden soll, wenn sich Dehnungsstreifen breitmachen.

In aller erster Linie sollte die Pflege, unabhängig davon, ob mit ihr der Bildung von Dehnungsstreifen vorgebeugt werden soll, täglich stattfinden und dazu beitragen, das Wohlbefinden der Frau während der Schwangerschaft zu verbessern.

Die Einrichtung des Kinderzimmers

Während das Kind im Bauch deiner Partnerin ist, hat es dort seinen Wohnsitz, wird aber zum Ende der neun Monate aus der Gebärmutter geklagt und braucht deshalb einen neuen Schlafplatz, wo es schlafen und sich ausruhen kann. Denn, vielleicht weißt du bereits, dass Babys, vor allem wenn es sich um Neugeborene handelt, ein sehr hohes Schlafbedürfnis haben und in den ersten Wochen des Lebens mehr schlafen als alles andere.

Vielleicht hast du dir in diesem Zusammenhang auch schon die Frage gestellt, wo das Kind am besten schlafen wird, wenn es auf der Welt ist. Für viele steht zum Beginn der Schwangerschaft fest, dass das Baby direkt im eigenen Bettchen schlafen wird und auch schon sein eigenes Zimmer bekommt. Diese Einstellung ändert sich bei vielen werdenden Eltern jedoch mit dem Moment, wenn das Baby auf die Welt kommt.

Der Beschützerinstinkt macht sich breit und am liebsten würdest du dein Kind gar nicht mehr aus dem Arm geben –

geschweige denn, es alleine in seinem Zimmer schlafen legen.

Aus diesem Grund ist es immer sinnvoll für die ersten Wochen und Monate auf ein Bettchen in eurem Schlafzimmer zurückzugreifen. Vor allem, wenn deine Partnerin stillt, ist diese Option deutlich besser und angenehmer für sie, da das Baby direkt mit bei euch schläft und ihr nicht alle paar Stunden zwischen eurem Schlafzimmer und dem Zimmer des Babys hin und hergehen müsst.

Ein Beistellbettchen, welches direkt an die Matratze eures Bettes anschließt, ist sehr praktisch und funktional, da das Baby auf der einen Seite sicher schlafen kann und die Nähe von Mama und Papa spürt und du und deine Partnerin das Baby einfach mit der Flasche füttern oder stillen könnt.

Der Umstand, dass der beste Schlafplatz des Babys in den ersten Monaten oder gar Jahren seines Lebens direkt mit bei dir und deiner Partnerin im Bett oder zumindest im selben Zimmer ist, stellt jedoch keinen Gegensatz zu dem Einrichten des Kinderzimmers dar.

Doch, wo fängt man mit dem Einrichten des Kinderzimmers am besten an? Was gehört überhaupt in ein Kinderzimmer? Was braucht das Baby?

Wann ist der beste Zeitpunkt, um mit der Einrichtung des Kinderzimmers zu starten?

Was ist eigentlich der Nestbautrieb?

Vielleicht hast du schon einmal von dem Begriff des Nestbautriebs gehört, kannst dir aber nicht viel darunter vorstellen. Zumal deine Partnerin kein Vogel und auch keine Glucke ist, die durch die Natur läuft und sich Materialien für das Nest sammelt, in welchem euer Kind dann schlafen kann.

Spaß beiseite – bei dem Nestbautrieb handelt es sich um ein bekanntes und weit verbreitetes Phänomen, welches viele Frauen vor allem in den letzten drei Monaten der Schwangerschaft bei sich entdecken.

Und, wie es so oft der Fall ist, lassen sich die Männer von der Dynamik der Frauen anstecken. So kann es nicht nur sein, dass du mit deiner Partnerin schwanger bist und auch ein kleines Bäuchlein bekommst, sondern auch von dem Nestbautrieb getrieben wirst.

Zwar ist es wissenschaftlich nicht erwiesen, dass es diesen Nestbautrieb tatsächlich gibt, dennoch kann bei vielen Frauen beobachtet werden, dass sie zum Ende der Schwangerschaft vermehrt nach Möbeln für das Kinderzimmer suchen und Utensilien kaufen wollen, mit welchem sie es dem Baby rundum schön und angenehm machen können.

Dieser Umstand ist auf den Urinstinkt zurückzuführen, den Mütter von Natur aus haben und der sie dazu bewegt, dem Kind die beste heimische Atmosphäre schaffen zu wollen.

Im Grunde genommen ist der Nestbautrieb eine tolle Sache und ein spannendes Phänomen, welches deine Partnerin etwas von möglichen Sorgen bezüglich der bevorstehenden Geburt ablenkt, sollte aber mit Vorsicht genossen werden.

Wusstest du, dass der Großteil der Dinge, welche sich werdende Eltern im Rahmen der Erstausstattung für das Kind kaufen, vollkommen überflüssig sind und oft gar nicht oder nur sehr selten verwendet werden?

Ein Baby braucht in den ersten Wochen und Monaten seines Lebens vor allem eins: Die Eltern, Liebe, Nähe, Wärme und Geborgenheit.

Was gehört in das Kinderzimmer?

Es ist soweit – das Kinderzimmer für euren kleinen Schatz soll vorbereitet werden und du fragst dich, was überhaupt in das Kinderzimmer gehört? Zunächst einmal solltest du gemeinsam mit deiner Partnerin die wichtige Frage klären, wo das Baby schlafen soll, wenn es auf der Welt ist.

Die Vorteile des gemeinsamen Schlafplatzes in eurem Schlafzimmer wurden bereits aufgezeigt und in der Tat raten auch viele Experten dazu, das Kind nicht direkt alleine in sein Zimmer zu legen und dort alleine schlafen zu lassen.

In vielen Fällen ist es also nicht notwendig, ein Bett mit in das Kinderzimmer zu stellen, wenn von Anfang an feststeht, dass das Baby nach der Geburt bei dir und deiner Partnerin schlafen wird.

Im Grunde genommen ist es allen werdenden Eltern selbst überlassen, mit welchen Gegenständen und Möbeln sie das Kinderzimmer einrichten, sodass dir und deiner Partnerin im Grunde genommen keine Grenzen gesetzt sind. Allerdings gibt es Dinge, welche sinnvoller als andere sind, wenn es um die Gestaltung des Kinderzimmers geht.

Die Wickelkommode

Ein kleines Baby macht sehr oft die Windeln voll, sodass es auch immer wieder gewickelt werden muss. Keine Sorge – auch, wenn du noch nicht weißt, wie man ein Baby wickelt, wirst du das innerhalb kürzester Zeit draufhaben, da ein Neugeborenes im Durchschnitt 8 Windeln täglich braucht.

Ob und inwiefern eine Wickelkommode sinnvoll für dich und deine Partnerin ist, kommt ganz darauf an, wo ihr euer Baby wickeln wollt. Einige Eltern sind rustikaler und kaufen sich schlicht und ergreifend eine Wickelunterlage, auf welcher sie das Kind dann nach Bedarf auf dem Bett, dem Teppich oder auch der Couch wickeln können, während andere Eltern gerne eine praktische Wickelkommode ins Kinderzimmer stellen, auf der das Baby dann gewickelt werden kann.

Interessant:

Sobald Babys wachsen und anfangen sich mehr zu bewegen, kann es durchaus eine Herausforderung sein, sie auf der Wickelkommode zu wickeln. Aus diesem Grund bieten immer mehr Hersteller die Möglichkeit, die Wickelkommode nach Bedarf zu einem Bett umzubauen, in welchem das Kind schlafen kann, sobald es alt genug ist.

Fallen Kinder wirklich vom Wickeltisch?

„Du bist als Kind wohl einmal zu oft vom Wickeltisch gefallen", ist in diesem Zusammenhang nicht einfach nur ein Spruch, sondern er kommt häufiger vor, als man denkt. Es reicht ein Moment, indem du nicht aufpasst und schon kann das Baby herunterfallen. Aus diesem Grund eignet sich die Verwendung einer Wickelkommode ab einem bestimmen Alters des Kindes nur noch eingeschränkt.

Der Kleiderschrank

Ein weiterer Gegenstand, welcher im Kinderzimmer Platz finden kann, ist ein Kleiderschrank, dort werden die Kleider des Kindes aufbewahrt. Am Anfang magst du vielleicht denken, dass die Kleidungsstücke des Kindes einfach mit in deinem Kleiderschrank verstaut werden können, doch mit der Zeit wirst du feststellen können, dass ein kleines Kind die doppelte, wenn nicht sogar die dreifache Menge an Kleidungsstücken hat, als du und deine Partnerin gemeinsam.

Das ist unter anderem aus dem Grund so, weil ein kleines Baby spucken könnte oder es auch vorkommen kann, dass die Windel ausläuft und du das Baby aus diesem Grund umziehen musst. Um nicht jeden Tag waschen zu müssen, bietet es sich also an, in dem Rahmen der Ausstattung für das Kinderzimmer, einen Kleiderschrank zu wählen, in welchem die Kleidungsstücke für das Kind aufbewahrt werden können.

Die Matratze

Wenn das Baby mit bei dir und deiner Partnerin im Bett schläft, musst du dir über eine passende Matratze noch keine Gedanken machen. Allerdings solltest du dich mit der Suche nach einer guten und passenden Matratze für das Babybett beschäftigen, wenn du dich für ein Beistellbett oder für ein eigenes Bett für dein Baby in seinem Zimmer oder in eurem Schlafzimmer entscheidest.

Es ist wichtig, dass die Matratze die richtige Größe hat und somit auch gut und zuverlässig auf dem Lattenrost liegt, ohne zu rutschen oder sich zu sehr zu verbiegen. Nimm für diese Zwecke am besten immer erst die Maße, um die passende Matratze finden zu können.

Zudem solltest du bei dem Kauf einer Matratze darauf achten, dass diese aus atmungsaktiven Materialien besteht und frei von jeglichen Schadstoffen ist. Das ist generell ein wichtiger Aspekt, welcher bei dem Kauf einer Matratze für dein Bett beachtet werden sollte.

Allerdings ist die Haut eines Babys noch sehr viel mehr sensibler als die Haut eines Erwachsenen Menschen, weshalb es in dem Fall einer Babymatratze noch ein Stück wichtiger ist, auf ein schadstofffreies Modell zurückzugreifen.

Achte immer auf eine gute und hochwertige Qualität, da dein Baby vor allem in den ersten Wochen sehr viel schlafen wird und die Matratze aus diesem Grund einen angenehmen Untergrund darstellen sollte.

Wie sinnvoll ist eine Matratze mit einem integrierten Alarmsystem wirklich?

Auf dem Markt gibt es unter anderem Matratzen, die mit einem integrierten Alarmsystem darauf ausgerichtet sind, Alarm zu schlagen, wenn das Kind nicht mehr atmet. Diese Systeme sollen somit dafür konzipiert sein, einen plötzlichen Kindstod verhindern zu können.

Es ist, wie schon gesagt, vollkommen normal, dass sich Eltern Sorgen um ihre Kinder machen und aus diesem Grund immer versuchen, es auf die beste Art und Weise vor Gefahren zu beschützen, wobei es mit der Frage nach einer Matratze mit integriertem Alarmsystem immer so eine Sache ist. Auf der einen Seite kann es für einige Eltern beruhigend sein, wenn das Baby auf einer solchen speziellen Matratze schläft, bei anderen Eltern steigert sich mit der Verwendung eines solchen Modells allerdings der Stress, weil sie alle fünf Minuten kontrollieren, ob das Alarmsystem tatsächlich funktioniert.

Es stellt sich auch nicht selten das Phänomen ein, dass man sich vorstellt, dass der Alarm erklingt, die Matratze in Wahrheit jedoch keinen Alarm abgesondert hat. Diese

Phantom-Alarme machen die Eltern oft verrückt und irgendwann hört man nichts anderes mehr, als den vermeintlichen Alarm der Matratze.

Fehlalarme können verunsichern

Immer und immer wieder stellst du dir vor, was im Notfall passiert. Wie handelst du? Was machst du, wenn tatsächlich der Alarm der Matratze ertönt? Du hast es dir schon viel zu oft vorgestellt und dir vor deinem inneren Auge ausgemalt, wie sich die Situation abspielt, doch die Realität spielt sich anders ab. Es ist eine Sache, sich Notfälle vorzustellen und es ist eine andere Situation, wenn der Notfall dann wirklich eintritt. Ein Fehlalarm ist schneller der Fall, als dir lieb ist. Natürlich ist es im Nachhinein eine enorme Erleichterung, wenn sich der Alarm als Fehlalarm herausstellt, dennoch sitzt der Schock des Alarms tief, weil du immer davon ausgehst, dass es sich um eine ernste, wenn nicht sogar lebensbedrohliche Situation handelt.

Leider ist die Technik nicht perfekt und so kann es durchaus vorkommen, dass es zu Fehlalarmen kommt. Somit ist eine Matratze, welche über ein integriertes Alarmsystem verfügt, Fluch und Segen in einem. Für Menschen, die schlicht und ergreifend die Sicherheit haben wollen, dass das Kind überwacht ist und sich auch bei einem Fehlalarm nicht die Ruhe nehmen lassen, kann eine solche Matratze mit integriertem Alarmsystem durchaus eine gute Lösung sein. Menschen, welche sich sehr schnell verunsichern lassen, sollten sich überlegen, ob sie sich den Stress eines solchen Alarmsystems in der Matratze antun wollen.

Im Grunde genommen kann das Baby am besten beobachtet und überwacht werden, wenn es unmittelbar bei dir und deiner Partnerin schläft.

Interessant:

Das Baby passt sich bezüglich der Atemzüge an dich und deine Partnerin an, wenn es neben euch im Bett liegt. Das Risiko, dass es auf einmal plötzlich aufhört zu atmen ist somit deutlich geringer, wenn es mit dir und der Mutter in einem Bett oder zumindest in einem Zimmer schläft.

Die Paarbeziehung in der Schwangerschaft

Du hast schon seit langer Zeit von einem eigenen Kind geträumt? Endlich hält dir deine Partnerin den positiven Schwangerschaftstest vor die Nase und verkündet dir, dass du in circa neun Monaten Papa sein wirst und deine Welt steht still.

Neun Monate scheinen eine recht lange Zeit zu sein. Ein dreiviertel Jahr verfliegt schließlich nicht einfach so und du hast noch ausreichend Zeit, um dich auf die Ankunft des Babys vorzubereiten. Allerdings ist nicht nur die Zeit, in welcher das Baby dann da ist, eine interessante und spannende Zeit, sondern auch die Zeit der Schwangerschaft selbst stellt jeden Tag ein neues Abenteuer dar.

Aus diesem Grund ist es auch wichtig, dass du die Zeit mit deiner Partnerin intensiv genießt. In wenigen Monaten werdet ihr nicht mehr alleine sein und es wird nie wieder so sein, wie zuvor. Kostet eure Zweisamkeit noch einmal richtig aus, ohne euch schuldig zu fühlen. Denn, die Zweisamkeit auszukosten und zu genießen heißt nicht, dass ihr euch nicht auf das gemeinsame Kind freut.

Es stimmt aber auch, dass ihr nie wieder eine solche intime Zweisamkeit haben werdet, wenn das Kind da ist. Es gibt allerdings auch einige interessante und spannende Sachen, welche du rund um die Paarbeziehung in der Schwangerschaft wissen solltest.

Bringe Verständnis für die werdende Mama auf

Schwanger – was heißt das? Was ist es für ein Gefühl, wenn das Kind im eigenen Bauch wächst? Was passiert mit dem Körper? Was fühlt die werdende Mutter? Wie kannst du sie unterstützen?

All das sind Fragen, die nicht nur du hast, sondern mit welchen sich auch die werdende Mutter beschäftigt. Nur, weil das Kind in ihrem Bauch wächst, heißt das nicht, dass sie den Durchblick hat und genau weiß, was mit ihr passiert, was sie fühlt und wie ihr geholfen werden kann.

Hunger? Durst? Schmerzen? Müdigkeit? – es gibt viele mögliche Gründe, welche die schwankende Stimmung deiner Partnerin erklären könnten, doch in vielen Fällen ist es einfach nur der Weltschmerz und du bist schuld daran. Warum, weiß deine Partnerin wahrscheinlich selbst nicht genau, doch was sie sicher sagen kann ist, dass du etwas damit zu tun hast. Es ist ja schließlich auch teilweise deine Schuld, dass sie schwanger ist.

Es hört sich absurd an, stimmt´s? Kennst du die Tage, an welchen du einfach schlecht drauf bist, ohne zu wissen, wieso? Kennst du das Gefühl, nervös zu sein und einen Schuldigen zu brauchen, um deine geladene Energie an irgendjemanden auslassen zu können? Schwangere kennen dieses Gefühl auch und erleben es noch 100 Mal stärker, weil die Hormone verrücktspielen.

Himmelhochjauchzend, zu Tode betrübt – normal findet dieser Spruch in dem Rahmen der gefürchteten Pubertät Anwendung, kann jedoch auch auf die Schwangerschaft übertragen werden.

Rufe dir immer wieder in den Hinterkopf, dass deine Partnerin nicht bewusst ihre Stimmung ändert, wie ein

Chamäleon seine Farbe vor einer bunten Wand. Wahrscheinlich ist sie genauso verwirrt, wie das Chamäleon, da sie so viel auf einmal fühlt, denkt und spürt, dass sie nicht weiß, für welche

Emotion sie sich entscheiden soll und es aus diesem Grund eine reine Glückssache ist, welche Emotion gewinnt.

Versuche nicht, deine Partnerin zu verstehen, die sich wahrscheinlich selbst nicht versteht, sondern bringe stattdessen Verständnis für sie auf. Sei für sie da, biete ihr deine Schulter zum Weinen und deine Gesellschaft zum Lachen an, sei der Box-Sack, auf welchen sie, im metaphorischen Sinn, einschlagen kann und mache ihr keinen Vorwurf bezüglich ihres Gefühlschaos.

Das solltest du vermeiden zu tun oder zu sagen

Im Zweifelsfall für den Angeklagten hat nicht sonderlich viel Wert, wenn deine Partnerin selbsternanntes Opfer und Richter in einem ist. In diesem Fall kannst du eigentlich nur verlieren, weshalb es in diesem Fall ratsam ist, dich gar nicht erst in die Situation zu bringen, als angeklagter Täter vor deiner Partnerin zu stehen.

Ehrlichkeit währt zwar am längsten, dennoch gibt es in der Schwangerschaft Dinge, welche du nicht erwähnen und auch nicht tun solltest. Das hat nichts mit Lügen zu tun, sondern ist reine Notwehr und dient deinem Selbstschutz.

Wirf deiner Partnerin Dinge nicht direkt gegen den Kopf und versuche stattdessen durch die Blume zu kommunizieren. In einigen Fällen ist es aber auch einfach ratsam, die weiße Fahne zu hissen und dich zu ergeben.

Das solltest du nicht sagen

„Hast du zugenommen?"

Erwähne niemals, unter keinen Umständen, dass deine Partnerin an Gewicht zugenommen hat. Für eine Frau ändert sich in der Schwangerschaft viel und sie muss sich bereits mit vielen neuen Dingen auseinandersetzen. Viele Frauen haben mit ihrem Gewicht zu kämpfen, sie machen sich ständig Gedanken um die Ernährung und ihren Körper und das Letzte, was sie inmitten des ganzen Hormonchaos´ brauchen, ist dein Hinweis darauf, dass ihre Hüften etwas breiter, die Beine etwas dicker und auch die Arme etwas schwabbeliger sind.

„Bist du wieder mal hormongesteuert?"

Ja, deine Partnerin steckt voller Hormone, welche gerne Karussell zu fahren scheinen – zumindest spielen die Hormone deiner Partnerin in der Schwangerschaft ganz schön verrückt – deine Partnerin ist sich dieses Umstands bewusst und möchte nicht immer wieder darauf aufmerksam gemacht werden. Wenn deine Partnerin beim Zeitungslesen plötzlich in Tränen ausbricht, weil sie die Einkaufsliste zu Hause vergessen hat, solltest du davon absehen, die Schuld auf die Hormone zu schieben und ihr vorzuwerfen, hormongesteuert zu sein. Frauen haben eine heimliche Speicherkarte in ihrem Kopf, auf welchem sie alle Dinge speichern, die ihnen von den Männern gesagt werden, um sie dann zum richtigen Zeitpunkt abzurufen und dir unter die Nase reiben zu können.

Zwischen den Zeilen lesen

Im Grunde genommen ist es doch gar nicht so schwer. Deine Partnerin braucht einfach nur eine Schulter, an der sie sich anlehnen, welche sie aber nach Bedarf auch zu einem Box-Sack umfunktionieren kann, wenn sich die Wut in ihr aufgestaut hat.

Sie braucht ab und an einen Masseur, eine frische Ananas oder doch lieber ein Stück Lebkuchen im Sommer. Da ist es doch wohl nicht zu viel verlangt, versteckte Nachrichten zu entziffern, wenn sie mitten in der Nacht aufwacht und dir sagt, wie groß ihre Lust auf Erdnüsse ist, ihr jedoch gerade leider keine im Haus habt. Na – wie gut bist du schon im „Zwischen-den-Zeilen-Lesen"? Natürlich möchte deine Partnerin, dass du für sie zur Tankstelle fährst und ihr die Erdnüsse kaufst. Was auch sonst?

Dich von irrsinnigen Ideen mitreißen lassen

Ach die lieben Hormone – oft kamen sie bereits zur Sprache, was zeigt, welche große Rolle sie in der Schwangerschaft spielen. Hormone tragen unter anderem dazu bei, dass deine Partnerin eine ständige Achterbahn der Gefühle erlebt und somit auch auf die unsinnigsten Ideen kommt.

So kann es also vorkommen, dass sie noch schnell ein Fernstudium starten oder eine Hühnerzucht anlegen möchte, um sicherzustellen, eurem Kind später auch wirklich bei dem Erledigen der Hausaufgaben helfen zu können und ihm später keine Eier aus Käfighaltung anbieten zu müssen.

Sicherlich ist ein gewisses Maß an Kreativität nicht schlecht, allerdings solltest du in dem Fall des Hormonchaos´ die Stimme der Vernunft sein, die Hirngespinste deiner Partnerin beenden, dabei aber stets darauf achten, behutsam und sanft vorzugehen.

Die Süßigkeiten oder die Chips aufessen

Einige Frauen könnten in der Schwangerschaft die ganze Zeit essen und greifen dabei gerne auf Chips, anderes Knabberzeug oder auch diverse Süßigkeiten zurück. Zunächst einmal solltest du es dringend sein lassen, sie darauf hinzuweisen, dass sie gerade erst das dritte Frühstück zu sich genommen hat und bald schon wieder Zeit für das Mittagessen ist, um zu verhindern, dass sie dich nicht als Nachspeise verzehrt. Des Weiteren solltest du dich ebenfalls davor hüten, ihren Hamstervorrat an Süßigkeiten oder Chips aufzuessen oder auch nur anzurühren.

Ansonsten kann es schnell sein, dass du dich in weniger als 10 Minuten im Supermarkt wiederfindest, um die Vorräte aufzustocken. Natürlich ist jede Frau anders und aus diesem Grund gibt es ganz spezielle Dinge, welche du während der Schwangerschaft nicht sagen und auch nicht machen solltest. Allerdings musst du dies am eigenen Leib erfahren und somit heißt es „Augen zu und durch", während du dich über das Mienenfeld begibst, auf welchem bei der

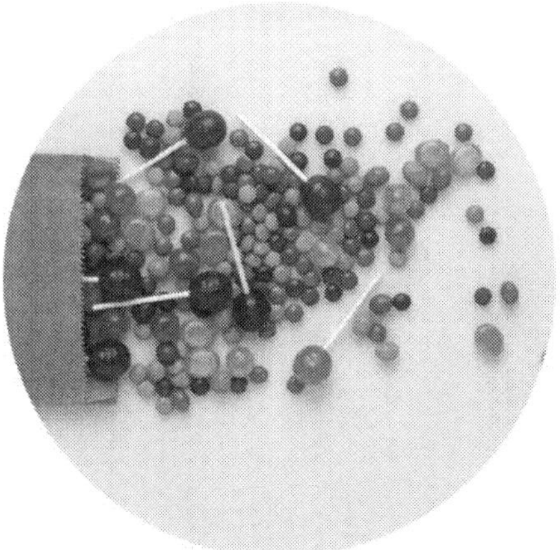

kleinsten falschen Bemerkung die nächste Bombe hochgehen könnte. Und auch, wenn es dir manchmal so vorkommen mag, als ob sie dich absichtlich von rechts nach links und dann von links wieder nach rechts schickt, solltest du immer versuchen, Verständnis für sie aufzubringen. Sie trägt dein Kind aus, explodiert bald aufgrund der vielen Hormone und weiß manchmal selbst nicht, ob sie die Autoschlüssel im Tiefkühlfach bei der Eisschachtel abgelegt oder doch mit in die Waschmaschine gesteckt hat.

Sei für deine Partnerin da

Deine Partnerin ist von der Wucht der Hormone überwältigt und weiß manchmal selbst nicht, wohin mit sich. Wahrscheinlich wird es zu Situationen kommen, in der sie sich selbst wünscht, dass es einen Gehirn-Mund-Filter gäbe. Damit sie dir nicht jedes Wort, welches ihr vom Hormonchaos in den Mund gelegt wird, direkt an den Kopf knallt.

Umso wichtiger ist es, dass du der Felsen in der Brandung bist, an dem sich deine Partnerin festhalten kann. Es ist wichtig, dass du Größe zeigst und ihr keine Vorwürfe machst, wenn sie wieder einmal von den Hormonen überwältigt wird.

Der Umstand, dass der Körper der Frau bei der Schwangerschaft voller Hormone steckt, gibt deiner Partnerin natürlich keinen Freifahrtschein, um dich nach Lust und Laune zu behandeln, wie sie gerade drauf ist. Wenn dich Dinge stören, sprich sie an. Wenn dir etwas auf dem Herzen liegt, suche die Kommunikation. Sei dabei stets behutsam und sensibel und zeige ihr, dass du für sie da bist.

Um für deine Partnerin da sein und sie unterstützen zu können, kannst du folgende Dinge machen:

- *Zeige ihr, dass du dich auf das Baby freust und dich für den Verlauf der Schwangerschaft interessierst.*
- *Nimm deine Partnerin nicht nur als werdende Mama, sondern als Frau wahr, die du attraktiv findest und die du liebst. Deine Partnerin ist nicht einfach nur eine Gebärstation für euer ungeborenes Kind, sondern ist sie in allerersten Linie eine Frau.*
- *Unterstütze deine Partnerin so, dass sie nicht schwer heben und sich nicht stressen muss. Wasche ab, ohne dass dich die Frau dazu auffordern muss und greife ihr etwas öfter unter die Arme, um sie zu entlasten. Zeige ihr, dass sie sich auf dich verlassen kann.*
- *Beschäftige dich mit deiner Partnerin gemeinsam mit gesunder Ernährung und lasse sie*
- *nicht alleine, wenn sie gerne gesünder essen möchte.*

- *Höre ihr zu, wenn sie über ihre Ängste redet, lass sie aussprechen und erkenne die Ängste an. Winke nicht einfach nur ab, indem du sagst „Das wird schon werden“, sondern rede mit ihr und unterstütze sie, sodass ihr nach und nach die Angst genommen wird. Auch, wenn die Angst nicht weggeht, kann sie sich sicher sein, dich als starke Schulter an ihrer Seite zu haben.*

Die Geburt

Zum Anfang der Schwangerschaft mag es noch so weit entfernt sein, doch wenn die ersten beiden Drittel um sind und das letzte Drittel vor der Tür steht, dauert es gar nicht mehr so lange und die Geburt kündigt sich an.

Je näher die Geburt rückt, umso größer wird die Aufregung und umso mehr macht sich deine Partnerin Gedanken darum, wie die Geburt wohl verlaufen wird. Sicherlich ist der Körper der Frau darauf ausgelegt, Kinder zu gebären, dennoch gibt es einige wichtige Dinge, die im Rahmen der Geburt beachtet werden sollten.

Wo soll entbunden werden?

Früher war es vollkommen normal, zu Hause zu entbinden und auch heute liegen die sogenannten Hausgeburten immer mehr im Trend. Vermehrt entscheiden sich Paare dafür, das Kind zu Hause in den eigenen vier Wänden zu bekommen, anstatt sich in ein Krankenhaus zu begeben.

Grundsätzlich gilt, dass sich deine Partnerin mit der Wahl des Geburtsorts wohlfühlen muss. Das heißt aber nicht, dass du sie mit der Entscheidung alleine lassen solltest. Du bist der Vater und auch du hast deine Ängste, Wünsche und Vorstellungen. Sprich mit deiner Partnerin über die Ängste und Wünsche und findet somit den richtigen Ort für die Geburt eures gemeinsamen Kindes.

Nach Bedarf kann:

- *in der Klinik*
- *im Geburtshaus*
- *zu Hause in den eigenen vier Wänden entbunden werden.*

Die Klinik

Der Großteil der Frauen entbindet in der heutigen Zeit in einer Klinik, wobei jedoch immer darauf geachtet werden sollte, dass die Klinik den persönlichen Wünschen und Ansprüchen entspricht. Begleite deine Partnerin aus diesem Grund zu Klinikbesuchen, um das Krankenhaus im Voraus besser kennenlernen zu können.

Interessant:

Viele Kliniken bieten Besichtigungen für schwangere Frauen und ihre Partner an, stellen die Vorgehensweise der Geburt und auch die Räumlichkeiten vor, um Paaren die Wahl der richtigen Klinik zu erleichtern. Die Geburt in der Klinik bringt sowohl Vorteile als auch Nachteile mit sich.

Vorteile:

- *Mutter und Kind kommen in den Genuss einer umfangreichen und professionellen medizinischen Versorgung.*
- *Es besteht die Möglichkeit, Mittel für die Linderung der Schmerzen zu erhalten.*
- *Bei Komplikationen kann schnell eingegriffen und gehandelt werden.*
- *Das Fachpersonal unterstützt bei Fragen rund um das Stillen und die Pflege des Säuglings.*

Nachteile:

- *Der Alltag in der Klinik ist sehr streng organisiert, sodass es kaum einen Raum gibt, um mögliche Sonderwünsche zu erfüllen.*
- *Durch den Schichtdienst kann es zu wechselnden Hebammen und auch Ärzten kommen.*
- *Es können mehrere Geburten gleichzeitig stattfinden, sodass es durchaus stressig und hektisch werden kann.*
- *Oft fehlt es in einem Krankenhaus an Intimität.*

Das Geburtshaus

Wer auf der Suche nach einem Mittelweg zwischen der Geburt im Krankenhaus und der Geburt zu Hause ist, kann sich für die Geburt in einem Geburtshaus entscheiden. Wie du es dir bereits anhand des Namens denken kannst, ist ein Geburtshaus speziell darauf ausgerichtet, Frauen und ihre Partner bei der Geburt zu begleiten, ihnen zu derselben Zeit aber mehr Intimität zu geben, als dies im Krankenhaus der Fall ist.

Auch die Geburt im Geburtshaus bringt Vorteile und Nachteile mit sich.

Vorteile:

- *Die Frau und ihr Partner haben deutlich mehr Ruhe und genießen eine sehr viel intimere Atmosphäre.*
- *Die Geburt ist oft entspannter als im Krankenhaus.*
- *Du als Partner darfst oft mit im Zimmer übernachten, falls die Wehen länger dauern und die Geburt noch nicht losgegangen ist.*
- *Ihr kommt nicht in den Kontakt mit Bakterien und Viren, wie es in einem Krankenhaus der Fall sein kann.*

Nachteile:

- *Die Geburt im Geburtshaus ist nur für Geburten ohne Komplikationen geeignet.*
- *Sollte es unter der Geburt zu Komplikationen kommen, muss eine Verlegung in das Krankenhaus erfolgen, was zeitaufwändig und oft auch stressig ist.*
- *Sollte die Frau unter der Geburt reißen oder einen Blutsturz haben, muss sie nach der Geburt ins Krankenhaus verlegt werden und kann nicht beim Kind im Geburtshaus bleiben.*

Die Hausgeburt

Ganz nach dem Motto „Back to the roots" entscheiden sich immer mehr Frauen und ihre Partner für eine Geburt in den eigenen vier Wänden, welche eine sehr viel intimere Atmosphäre mit sich bringt, allerdings auch mit einigen Risiken verbunden sein kann.

Vorteile:

- *Die Atmosphäre ist sehr viel ruhiger und intimer, was unter Umständen auch einen sehr positiven Einfluss auf den Verlauf der Geburt haben kann.*
- *Die Hebamme, für welche du dich mit deiner Partnerin entschieden hast, bleibt die ganze Zeit über bei dir und deiner Partnerin, ohne Schichten zu wechseln.*

- *Zu Hause gibt es keine Bakterien, mit welchen man im Krankenhaus in Kontakt kommen könnte.*

Nachteile:

- *Risikoschwangere sollten dringend auf eine Hausgeburt verzichten, da deine Partnerin bei Risiken (sowohl bei ihr als auch bei dem Kind) auf dem schnellsten Weg ins Krankenhaus verlegt werden muss.*
- *Es ist keine Infrastruktur vorhanden, wie es im Krankenhaus oder dem Geburtshaus der Fall ist.*
- *Nach der Geburt muss man selbst wieder sauber machen.*
- *Für die Pflege und das Essen während der Geburt und unmittelbar danach muss selbst gesorgt werden.*

Lohnt sich ein Familienzimmer?

Während die Väter zu Hause und auch in einem Geburtshaus mit im Zimmer anwesend und auch übernachten können, wenn das Baby da ist, solltest du dich im Krankenhaus immer erst informieren, ob es die Möglichkeit eines Familienzimmers gibt.

Die Zeit nach der Geburt ist von vielen Emotionen geprägt, welche du dir nicht entgehen lassen solltest. Wenn dir die Möglichkeit zur Verfügung steht, ein Familienzimmer mit deiner Partnerin zu beziehen, solltest du diese auf jeden Fall wahrnehmen.

Soll die Geburt natürlich sein oder als geplanter Kaiserschnitt durchgeführt werden?

Die Natur sieht es vor, dass Kinder auf natürlichem Weg auf die Welt kommen, allerdings gibt es bestimmte Situationen, in denen Ärzte zu einem geplanten Kaiserschnitt raten.

Das kann dann der Fall sein, wenn das Kind sehr groß ist oder die Frau ein sehr schmales Becken hat, durch welches das Kind nur sehr schwer durchrutschen kann.

Auch gesundheitliche Umstände der werdenden Mutter, wie zum Beispiel eine Epilepsie-Erkrankung oder auch andere medizinische Situationen könnten einen geplanten Kaiserschnitt hervorrufen.

Sollte deine Partnerin durch ihre gesundheitlichen Rahmenbedingungen nicht zu einem Kaiserschnitt gezwungen sein, ist es sicherlich die beste und natürlichste Variante, das Kind natürlich, sprich vaginal zu entbinden. Da sie jedoch das Kind auf die Welt bringt, ist es ganz alleine ihre Entscheidung, ob sie natürlich entbindet oder doch lieber einen geplanten Kaiserschnitt durchführen lassen möchte.

Wichtig:

In Geburtshäusern und bei Hausgeburten wird kein Kaiserschnitt durchgeführt. Mit dem Wunsch nach einem Kaiserschnitt muss sich deine Partnerin an ein Krankenhaus wenden.

Der Geburtsvorbereitungskurs

Ist er sinnvoll?

Wie es der Name schon sagt, handelt es sich bei einem Geburtsvorbereitungskurs um einen Kurs, welcher nicht nur die Frau, sondern auch dich, in dem Rahmen eines Partnerkurses, auf die Geburt vorbereiten soll.

Der Kurs will dabei weniger Regeln aufstellen oder eine Checkliste mit an die Hand geben, sondern die Frau darin unterstützen, selbstbestimmt gebären zu können und das Kind somit mit einem guten Gefühl und in einer entspannten Atmosphäre zur Welt bringen zu können.

Sehr viele Frauen gehen jedoch davon aus, dass die Natur den Körper der Frau auf die Geburt ausgelegt hat und ein Geburtsvorbereitungskurs nicht unbedingt notwendig ist. Denn, das Letzte, woran sich deine Partnerin unter den Schmerzen erinnern wird, ist die Atemübung, welche an einen hechelnden Hund erinnert, um die Wehen besser aushalten zu können.

Allerdings bringt ein Geburtsvorbereitungskurs Vorteile mit sich, welche du und deine Partnerin nicht unterschätzen sollten.

Vorteile:

- *Viele Informationen rund um die Geburt.*
- *Sicherheit wird vermittelt, indem den Frauen und auch dir als Partner Ängste genommen oder zumindest erleichtert werden.*
- *Es können Kontakte zu anderen Paaren geknüpft werden. So ist in derartigen Kursen schon die ein oder andere innige Freundschaft zwischen Müttern und auch ihren Kindern entstanden.*
- *Sorgen können in einem geschützten Raum angesprochen und von einem professionellen Personal beantwortet werden.*
- *Der Partner kommt nicht zu kurz und wird vor allem auf die Zeit nach der Geburt, sowie auf die Geburt selbst vorbereitet.*

Nachteile:

- *Es findet kein umfassendes, körperliches Training statt.*
- *Wie gut die Qualität des Kurses ist, ist immer von der Person abhängig, welche den Kurs durchführt.*
- *Bei großen Kursen ist es nicht immer möglich, alle Ängste und Fragen anzusprechen.*
- *Nicht immer werden die Kosten von der Krankenkasse übernommen.*

Das Geschlecht erfahren?

Im Rahmen der Ultraschalluntersuchungen kann ab der 14. oder 15. SSW das Geschlecht des Babys bestimmt werden, sofern es sich in der richtigen Position befindet. Es kann nämlich auch vorkommen, dass sich das Baby versteckt und nicht zeigen möchte, ob es ein Mädchen oder ein Junge ist.

Ob du und deine Partnerin das Geschlecht eures Kindes erfahren wollt, ist dabei ganz alleine eure Entscheidung. Es ist wunderschön, bereits passende Sachen kaufen zu können, doch es ist mindestens genauso aufregend und spannend, wenn ihr euch bei der Geburt überraschen lasst.

PDA ja oder nein?

Wehen tun weh und sind alles andere als angenehm. Vor allem, wenn deine Partnerin schon über einen längeren Zeitraum hinweg mit Wehen zu kämpfen hat, können die Schmerzen irgendwann unerträglich werden, sodass sie sich eine PDA wünscht.

Die PDA ist ein Schmerzmittel, welches nicht nur unter der Geburt, sondern auch bei medizinischen Eingriffen eingesetzt wird. Im Rahmen der Wehen, lindert das Schmerzmittel, sofern die PDA gut gesetzt ist, die Schmerzen der Wehen und auch die der Geburt werden gedämpft.

Ob deine Partnerin eine PDA wünscht, liegt ganz bei ihr – sie muss die Schmerzen aushalten und du solltest sie in jeder Entscheidung unterstützen. Dennoch ist es wichtig, dass du über die Vorteile und Nachteile der PDA Bescheid weißt.

Vorteile:

- *Die Schmerzen der Wehen und der Geburt werden gedämpft.*
- *Die Frau kann sich etwas entspannen und somit besser auf die Atmung und die Geburt konzentrieren.*

Nachteile:

- *Nicht nur die Wehen und die Schmerzen, sondern auch das allgemeine Körpergefühl werden durch die PDA gedämpft.*
- *Mögliche Muskelschmerzen können zu einer gezwungenen Geburt im Liegen führen.*

Interessant:

Heute wird nicht nur die PDA verwendet, um die Schmerzen der Geburt und der Wehen zu lindern, sondern auch Lachgas kommt oft zum Einsatz. Lachgas wirkt sich im Gegensatz zur PDA weder auf die Wehentätigkeit, noch auf den Verlauf der Geburt aus.

Die Rolle der Hebamme

Die Hebamme kann nicht nur wichtige Vorsorgeuntersuchungen in der Schwangerschaft durchführen, sondern ist auch bei der Geburt dabei. Des Weiteren ist sie auch nach der Geburt für euch zuständig. Sie begleitet euch eine Weile im Wochenbett und beobachtet die Gesundheit von Mutter und Kind.

Sie ist Ansprechpartnerin für eure Sorgen und Probleme während der Schwangerschaft, bei der Geburt und für Fragen rund um das Stillen.

Unter Umständen ist eine Hebamme auch bei der Hausgeburt dabei, wobei du dich mit deiner Partnerin in diesem Fall frühzeitig um eine passende Hebamme kümmern solltest, da nicht alle die recht hohe Verantwortung einer Hausgeburt auf sich nehmen und die entsprechenden Hebammen somit gefragt sind.

Die Suche und Auswahl der Hebamme

Vor allem freiberufliche Hebammen sind in vielen geburtsstarken Regionen sehr stark gefragt, sodass viele nur eine begrenzte Anzahl an Schwangerschaften pro Monat betreuen können.

Demnach solltet ihr euch rechtzeitig auf die Suche nach einer Hebamme begeben, um die passende Frau zu finden, die nicht nur fachlich kompetent, sondern in euren Augen sympathisch ist.

In einigen Fällen bieten Frauenärzte bereits in ihrer Praxis den Service einer Hebamme an, wobei ihr dieses Angebot nicht wahrnehmen müsst, sondern euch auch selbst auf die Suche nach einer freiberuflichen Hebamme begeben könnt – je früher ihr mit der Suche startet, umso besser ist es. So habt ihr auch die Möglichkeit, mehrere Hebammen zu treffen und genau die Frau zu finden, welche euch, in euren Augen, am besten während der Schwangerschaft, der Geburt und auch in den ersten Tagen des Lebens eures Babys begleitet.

Die Namenssuche

Früher war es üblich, den Jungen einfach den Namen des Vaters oder des Großvaters und den Mädchen den Namen der Mutter oder der Großmutter zu geben. Damit du nicht jedes Mal an deine Mutter oder Schwiegermutter erinnert wirst, wenn du deine Tochter rufst, ist es allerdings vollkommen legitim, wenn ihr euch selbst einen Namen für euer Kind aussuchen wollt.

Wartet dabei nicht zu lange und geht unterschiedliche Möglichkeiten durch. Soll es lieber was Modernes, was Klassisches oder doch etwas Altbackenes sein? Haben du und deine Partnerin dieselben Vorstellungen und Wünsche?

Nehmt euch Zeit, setzt euch zusammen und beschäftigt euch mit den verschiedenen Babynamen, um am Ende auf einen gemeinsamen Entschluss zu kommen.

Hilfen bei der Suche nach dem Namen

Auf dem Markt gibt es viele Bücher, in welchen die unterschiedlichsten Mädchen- und Jungennamen aufgelistet sind. Leihe dir Bücher aus der Bibliothek aus, kaufe sie dir als E-Book oder lade dir einfach eine der vielen Apps herunter, welche dir dabei helfen können, die Namen zu ermitteln, die für dein Baby in Frage kommen könnten.

Interessant:

Bei der Suche nach dem richtigen Namen wirst du merken, wie viele Namen du mit Menschen verbindest und somit aus bestimmten Gründen direkt von Anfang an ausschließt.

Stillen - ja oder nein?

Vorweggesagt – da es der Körper deiner Partnerin ist und sie diejenige ist, die das Baby über ihre Brust nährt, ist es ganz allein ihre Entscheidung, ob sie sich mit dem Stillen des Babys wohlfühlt, oder nicht.

Sicherlich sieht es die Natur vor, dass die Frau das Baby mit der Muttermilch nährt und das Stillen sehr viel mehr ist, als eine reine Nahrungsaufnahme. Dennoch solltest du ihr keinen Vorwurf machen, wenn sie nicht stillen will, überfordert ist oder aus anderen Gründen lieber das Fläschchen geben möchte. Du kannst ihr deine Sichtweise mitteilen, sie mit der Suche nach einer Stillberatung unterstützen, für sie

da sein und ihr deine Unterstützung anbieten, ihr aber nie das Gefühl geben, eine schlechte Mutter zu sein, wenn sie nicht stillen möchte oder kann.

Mit dem Stillen ist es so eine Sache – vor allem unter Müttern wird sich oft gestritten und gemessen, wer die Beste ist, wer am meisten auf die Bedürfnisse des Kindes eingeht und wer am längsten stillt. Jede Mutter ist die beste Mutter der Welt für ihr Baby und ob sie eine gute Mutter ist definiert sich nicht darüber, ob sie das Baby stillt oder nicht.

An dieser Stelle wollen wir also noch einmal festhalten, dass es zwar die beste Variante ist, das Baby zu stillen, es aber auch kein Weltuntergang ist, wenn sich deine Partnerin dazu entschließt, das Fläschchen zu geben.

Vorteile:

- *Die Muttermilch lebt und passt sich immer den Bedürfnissen des Kindes an (so verändert sie sich beispielsweise, wenn das Kind krank ist und mehr Nährstoffe braucht)*
- *Stillen dient nicht nur der Nahrungsaufnahme, sondern auch der Nähe, der Wärme, dem Trost und der Geborgenheit.*
- *Gestillte Kinder haben ein geringeres Risiko übergewichtig zu werden.*

- *Deine Partnerin muss nicht aufstehen, um die Flasche zuzubereiten und hat die Milch auch unterwegs immer mit dabei.*
- *Die Rückbildung der Gebärbutter wird bei der Frau gefördert.*
- *Stillende Frauen haben ein geringeres Risiko an Brustkrebs zu erkranken.*
- *Die emotionale Bindung zwischen Kind und Mutter wird gefördert.*
- *Stillen setzt Glückshormone frei und macht somit glücklich.*

Nachteile:

- *Ein falsches Anlegen an die Brust kann zu Schmerzen führen.*
- *Der Milcheinschuss wird oft als recht unangenehm empfunden.*
- *Die körperliche Abhängigkeit erschwert den Einstieg in den Beruf.*
- *Die Mutter muss auf Genussmittel, wie Nikotin und Alkohol verzichten.*
- *Stillen in der Öffentlichkeit wird leider von vielen Menschen noch nicht akzeptiert und nicht gerne gesehen (wobei das kein Grund sein sollte, auf das Stillen zu verzichten)*

Interessant:

Aufgrund der vielen Vorteile, welche die Muttermilch mit sich bringt, wird sie auch als „flüssiges Gold" bezeichnet. Im Übrigen empfiehlt die WHO (Weltgesundheitsorganisation) das Baby nach Bedarf zu stillen, wobei es ganz an Mutter und Kind liegt, ob sie bis ins Kleinkindalter oder darüber hinaus stillen wollen.

Welche Erstausstattung?

Sobald das Baby auf der Welt ist, hat es nicht mehr die Wärme zur Verfügung, welche es im Bauch der Mutter die ganze Zeit hinweg umgeben hat. Aus diesem Grund stellt sich noch vor der Geburt die große und wichtige Frage, aus welchen Bestandteilen sich die Erstausstattung zusammensetzt, mit welchem das Baby gekleidet und schön wärmgehalten wird.

Wie du sicher weißt, wenn du deine Partnerin bereits schon einmal zum Shoppen begleitet hast, ist die Auswahl an Anziehsachen in den Kaufhäusern und Bekleidungsgeschäften sehr groß und umfangreich. Wenn du dort bereits dachtest, viel zu viel Auswahl zur Verfügung zu haben, hast du noch nie eine Kinderabteilung eines Geschäftes gesehen.

Die Auswahl ist so groß, dass du teilweise den Wald vor lauter Bäumen nicht mehr sehen wirst. Umso wichtiger und hilfreicher ist es in diesem Fall, wenn du eine Liste der Dinge zur Verfügung hast, welche du wirklich brauchst. So kannst du dich an den Checkpunkten orientieren und wirklich die Sachen kaufen, die das Baby braucht.

Tipp:

Ein Baby wächst vor allem im ersten Lebensjahr sehr schnell und viele Sachen werden somit sehr schnell viel zu klein. Kaufe nicht zu viel für die ersten Wochen und Monate. Oft passt ein Body an einem Tag noch und am nächsten Tag ist er bereits zu klein. Es ist besser, wenige Sachen zu haben und dafür nicht zu riskieren, dass das Baby 10 von den 20 Sachen, welche du ihm gekauft hast, gar nicht anziehen kann, weil es bereits aus der kleinen Größe raus gewachsen ist. Im Fall der Baby-Erstausstattung gilt von daher das bekannte und beliebte Sprichwort: „Weniger ist mehr." Außerdem solltest du auch nicht vergessen, dass viele Verwandte gerne Sachen zu der Geburt eines Babys verschenken und du und deine Partnerin aus diesem Grund wahrscheinlich sowieso viel zu viel haben werdet. Habt ihr die Möglichkeit, Sachen gebraucht zu bekommen, solltet ihr auch diese Option abwägen – wie gesagt: Babys wachsen schnell und innerhalb weniger Tage kann es passieren, dass ihm bestimmte Kleidungsstücke nicht mehr passen.

Bezüglich der Sachen, die ein Baby braucht, unterscheidet man zwischen der allgemeinen Grundausstattung und den Extras, die Babys brauchen, welche im Sommer oder im Winter geboren werden.

Die Grundausstattung

Zu der Grundausstattung, die auf jeden Fall vorhanden sein sollte, gehören die folgenden Bestandteile:

- *12 Bodys aus Baumwolle (am einfachsten und bequemsten sind die Wickelbodys)*
- *6 T-Shirts oder dünne Pullover*
- *6 Strampler oder Hosen, welche über einen weichen Komfortbund verfügen und somit weder drücken noch auf andere Art und Weise stören*
- *2 – 3 dünne Mützchen in den beiden Größen 35 und 37 – je nachdem, wie groß der Kopfumfang des Babys ist*
- *2 dünne Babyjäckchen*
- *Je 4 Paar dünne und dicke Söckchen in der Größe 15/16*
- *2 Mullwindeln*
- *3 Schlafanzüge oder Overalls*
- *3 Dreieckstücher*
- *4 Leggins oder Strumpfhosen*

Handelt es sich bei dem Baby um ein Sommer- oder um ein Winterbaby, sollte zusätzlich Folgendes bei der Erstausstattung enthalten sein:

SommerBaby:

- *1 Sonnenhut oder nach Bedarf auch einfach eine Mütze mit integriertem UV-Schutz*
- *2 kurze Hosen*
- *2 Shirts mit kurzen Armen*
- *2 dünne Baumwoll-Jäckchen für laue Sommerabende oder windige Tage im Sommer*
- *2 Paar Baumwollsöckchen*

WinterBaby:

- *1 Thermo-Overall*
- *1 Paar Thermo-Handschuhe*
- *1 Paar warme Socken*

Sicherlich gibt es auf dem Markt der Babyausstattung auch sehr viele schöne Accessoires und andere Anziehsachen, welche allerdings nicht Teil der Grundausstattung sind. Es spricht aber natürlich trotzdem nichts dagegen, für Mädchen süße Kleider zu kaufen und Jungs in edlen Hosen zu kleiden – achte nur immer darauf, dass ein hohes Maß an Komfort gegeben ist.

Bezüglich der anderen Utensilien, welche du und deine Partnerin brauchen, wenn euer Baby auf die Welt kommt, ist es eine Frage eurer Einstellung und Vorgehensweise, ob ihr bestimmte Dinge braucht.

So gibt es beispielsweise Eltern, die sich bewusst gegen die Anschaffung eines Kinderwagens entscheiden und das Kind stattdessen lieber im Tragetuch oder der Trage tragen. In diesem Fall braucht man im Winter auch keinen warmen Fußsack für den Kinderwagen. Wer sich allerdings für einen Kinderwagen entscheidet, sollte im Winter darauf achten, das Baby mit einem warmen Fußsack angemessen warm zu halten und sich für Regentage einen Regenschutz zu kaufen.

Ich kann dir diese Erstausstattung für dein Baby empfehlen, die habe ich meinem Kind auch gekauft und sie war echt super. Scanne einfach den QR-Code ein.

Organisatorisches am großen Tag

„Ich glaube ich habe Pipi ins Bett gemacht!" - mit dieser Aussage und der Annahme auf einmal inkontinent geworden zu sein, startet es in der Regel. Oft fühlen sich Frauen ein paar Tage oder unmittelbar den Tag vor der Geburt etwas komisch und haben eine gewisse Vorahnung, dass es bald losgehen könnte.

In einigen Fällen kann es auch vorkommen, dass die Frau Durchfall hat und keinen Appetit mehr verspürt, bevor es dann losgeht. Es gibt auch das Phänomen, dass die Wehen bei vielen Frauen nach einem Gewitter einsetzen – ob das wirklich statistisch bewiesen werden kann, ist die Frage, doch bei vielen schwangeren Frauen konnte dieses Phänomen bereits festgestellt werden.

Um nicht in Panik zu verfallen, wenn es soweit ist und der große Tag da ist, sollten du und deine Partnerin darauf vorbereitet sein.

Kliniktasche packen

Wenn feststeht, dass dein Baby im Krankenhaus oder im Geburtshaus zur Welt kommen soll, ist es wichtig, dass die Tasche mit den Sachen, die deine Partnerin für den Aufenthalt im Krankenhaus braucht, in einer Tasche bereitstehen hat und auch das Baby bereits mit der ersten Garnitur ausgestattet ist.

Tipp:

Wartet nicht allzu lange, um die Kliniktasche zu packen. Bei einer normalen Schwangerschaft, die auf normale Art und Weise verläuft, kann es durchaus sein, dass die Wehen bereits in der 38. SSW einsetzen. Aus diesem Grund sollte die Tasche circa in der 36. oder 37. SSW gepackt werden, um sicherstellen zu können, dass sie bereitsteht, wenn die Wehen einsetzen.

Dokumente für die Kliniktasche

Zunächst einmal ist es wichtig, an die Dokumente zu denken, welche in die Kliniktasche gehören. Da diese gerne in der Hektik vergessen werden, ist es umso wichtiger, sicherzustellen, die Kliniktasche in einem Moment der Ruhe zu packen, um sich ausreichend Zeit nehmen zu können und nichts zu vergessen.

Dokumente, die in die Kliniktasche gehören sind:

- *Der Mutterpass*
- *Der Personalausweis oder nach Bedarf auch der Reisepass von beiden Elternteilen*
- *Die Krankenversicherungskarte deiner Partnerin*
- *Die Geburtsurkunde deiner Partnerin und deine Geburtsurkunde*
- *Wenn ihr verheiratet sein solltet, kommt auch die Heiratsurkunde mit in die Kliniktasche*

Die Hygieneartikel für die Kliniktasche

Da eine Geburt in der Regel recht komplikationslos verläuft und deine Partnerin das Krankenhaus bereits nach wenigen Tagen wieder verlassen kann, muss nicht die gesamte Garnitur an Hygieneartikeln mit in die Tasche gesteckt werden – es handelt sich schließlich um eine Geburt und nicht um einen Wellnessurlaub im 5 Sterne Hotel.

Interessant:

Es gibt sogar die Möglichkeit, ambulant im Krankenhaus zu entbinden. Das heißt, dass deiner Partnerin die Sicherheit der medizinischen Versorgung und des Fachpersonals im Krankenhaus zur Verfügung steht. Nach der Geburt geht ihr unmittelbar nach Hause, um dort die Ruhe und die gewohnte Atmosphäre gemeinsam mit eurem Baby zu genießen. Da es aber unter Umständen sein kann, dass das Krankenhaus aufgrund eines hohen Blutverlustes oder anderen Komplikationen davon abrät, direkt nach der Geburt nach Hause zu gehen, sollten immer ein paar Hygieneartikel in der Kliniktasche vorhanden sein.

Die **wichtigsten Hygieneartikel**, die in die Kliniktasche gehören, sind:

- *Zahnpasta und Zahnbürste*
- *Haarbürste und Haargummis*
- *Binden*
- *Waschlappen und Handtuch*
- *Brille oder Kontaktlinsen*
- *Cremes zum Eincremen*

Die Kleidung für die Kliniktasche

Nicht nur während der Schwangerschaft hat es deine Partnerin gerne gemütlich, sondern vor allem nach der Geburt ist es wichtig, dass sie in bequemen Sachen steckt und sich somit nicht eingeengt fühlt. Frisch gebackene Mamas sind immer wunderschön – selbst im Kartoffelsack. Du und deine Partnerin werdet so viel Freude und Glück ausstrahlen, dass es im Grunde genommen vollkommen egal ist, was ihr anhabt.

Erinnere deine Partnerin aus diesem Grund daran, dass sie nach der Geburt nicht direkt nach Mailand zur Modenschau fliegen wird, sondern sich ruhig bequem kleiden kann.

Aus diesem Grund kommen folgende Kleidungsstücke in die Kliniktasche:

- *Ein bequemes Shirt oder auch Nachthemd für die Geburt*
- *Warme Socken oder Hausschuhe*
- *Ein Morgenmantel*
- *Still-BHs mit Stilleinlagen*
- *Eine Jogginghose*
- *T-Shirts und ein Kuschelpullover*
- *Unterwäsche aus Baumwolle*
- *Eine Garnitur Babykleidung für die Entlassung*

Interessant:

Während des Aufenthaltes im Krankenhaus stellen die Einrichtungen in der Regel eine Garnitur für die Babykleidung zur Verfügung, sodass die von euch gewählte Garnitur eigentlich erst zu der Entlassung notwendig ist.

Weitere wichtige Bestandteile der Kliniktasche

Neben den genannten Bestandteilen, welche in eine Kliniktasche gehören, gibt es weitere wichtige Utensilien, an die du und deine Partnerin auf jeden Fall denken solltet.

Dazu gehören unter anderem:

- *Kopfhörer, um etwas Musik zu hören, wenn die Wehen länger dauern oder deine Partnerin eventuell etwas schläft.*
- *Ein gutes Buch.*
- *Kleingeld für den Automaten, um dir die Wartezeit etwas zu versüßen.*
- *Snacks für dich und deine Partnerin.*

Tipp:

Nehmt keinen Autositz mit zu der Geburt mit. Es bietet sich an, dass du ihn mitbringst, wenn du deine kleine Familie aus dem Krankenhaus abholst und nach Hause bringst.

Sei bei der Geburt dabei

Die Geburt ist ein Ereignis, welches sich nicht in Worte fassen lässt. Die ganze Schwangerschaft über siehst du den Bauch deiner Partnerin wachsen. Du fühlst die Tritte, die dein Baby aus dem Inneren des Bauches gegen die Bauchdecke abfeuert und du bekommst mit, wie dein Baby immer weiterwächst. Die Emotionen, die du während der Schwangerschaft spürst, werden mit der Geburt 1000 Mal stärker.

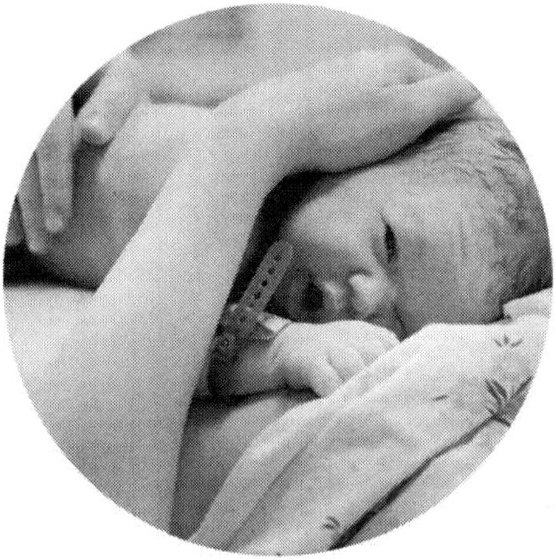

Das Gefühl zu sehen, wie dein Baby, das neun Monate lang in dem Bauch deiner Partnerin gewachsen ist, zur Welt kommt, ist ein Gefühl und eine Erfahrung, welche unbezahlbar und unvergesslich ist. Du wirst diese Erinnerung nie vergessen und immer bei dir tragen. Es ist vollkommen verständlich, dass du Angst davor hast, unnütz zu sein. Du kannst deiner Partnerin nicht bei den Schmerzen helfen und du kannst auch nicht die Geburt für sie übernehmen, aber du kannst schlicht und ergreifend da sein.

Du kannst während der Geburt hinter ihr sitzen, während sie deine Hände drückt, um den Schmerz der Wehen zu verarbeiten. **Achtung:** Frauen können unter der Geburt nahezu unmenschlich starke Kräfte entwickeln. Das werden deine Hände zu spüren bekommen und du kannst sie bei der richtigen Atemtechnik unterstützen, die ihr gemeinsam in einem Geburtsvorbereitungskurs erlernt habt. Du kannst einfach anwesend sein, sie halten und ihr beistehen. Sei während der Wehen mit dabei und erlebe das Wunder des Lebens live mit, wenn der Kopf bereits zu sehen ist und das Baby mit den nächsten Wehen aus dem Bauch deiner Partnerin auf die Welt kommt.

Übrigens:

Weinen ist männlich! Gefühle zeigen ist männlich! Sensibel sein ist männlich! Kommen dir die Tränen in die Augen, wenn du dein Baby zum ersten Mal siehst? Vollkommen normal und absolut natürlich. Du siehst, wie dein Fleisch und Blut auf die Welt kommt und bist von dem Moment an nie wieder alleine. Das ist ein überwältigender und wunderschöner Moment, welcher durchaus mit Freudentränen gefeiert werden darf.

Interessant:

Einige Frauen wollen während der Geburt weder angefasst noch angesprochen werden. Nimm es nicht persönlich, wenn sie nicht möchte, dass du sie massierst oder ihr gut zuredest. Viele Frauen beschreiben die Wehen einer Geburt mit dem Schmerz, welchen man verspürt, wenn man sich 20 Knochen gleichzeitig bricht. Unter diesen Schmerzen ist es verständlich, dass jede Frau anders reagiert und auch andere Wünsche und Bedürfnisse äußert.

Nimm es nicht persönlich, wenn deine Partnerin unter den Schmerzen der Wehen ausfällig wird und dich beschimpft. Das ist vollkommen normal und passiert vielen werdenden Vätern. Nach der Geburt wird alles vergessen sein und im Nachhinein werdet ihr euch beide mit einem Lachen auf den Lippen daran zurückerinnern können – zumindest du, da Frauen sich oft nicht an alle Worte erinnern können, welche sie unter den Schmerzen der Wehen gesagt haben. Habe keine Angst, sei auf jeden Fall bei der Geburt dabei, und freue dich darauf, wenn euer Baby vom Bauch seiner Mutter in deine Arme kommt.

Was passiert, wenn die Fruchtblase platzt?

Ob du eine saugfähige Unterlage auf die Matratze und unter das Spannbettlacken gelegt hast, ist die kleinste Sorge, wenn die Fruchtblase deiner Partnerin platzt. In dem Moment, in welchem das Fruchtwasser unaufhaltsam auf den Boden läuft und die Wehen immer stärker werden, musst du dich um andere Dinge kümmern. Nämlich um deine Partnerin und um dein Baby, welches in den nächsten Stunden auf die Welt kommen wird.

Denn, wenn die Fruchtblase platzt und das Fruchtwasser entweder im Schwall oder auch kontinuierlich aus der Frau ausläuft, heißt das in der Regel, dass der Muttermund geöffnet ist und aus diesem Grund auch die Geburt immer näher rückt. Unter den Wehen öffnet sich der Muttermund nach und nach immer weiter, bis er unmittelbar vor der Geburt auf bis zu 10 cm geöffnet ist. Das erklärt auch die Schmerzen der Frau, welche sie unter der Geburt hat. Schaue einmal auf einem Lineal nach, wie viel 10 cm sind – das ist ganz schön viel!

Interessant:

Der Blasensprung an und für sich ist vollkommen schmerzfrei. Die Schmerzen setzen erst hinterher mit den Wehen ein. Im Übrigen weist das Fruchtwasser in der Regel ein vollkommen klares und transparentes Erscheinungsbild auf. In einigen Fällen kann es aber auch vorkommen, dass sie eine gelbliche, grünliche oder gar bräunliche Verfärbung aufweist.

Das wichtigste ist, dass du die Ruhe behältst und nicht in Panik verfällst. Die Fruchtblase ist geplatzt – das heißt aber nicht, dass dein Baby direkt hinterherkommt und deine Partnerin eine Hausgeburt haben wird.

In der Regel gehen viele Menschen davon aus, direkt ins Krankenhaus fahren zu müssen, wenn die Fruchtblase der Partnerin geplatzt ist. Am besten ist es jedoch, dass du oder deine Partnerin im Krankenhaus, für welches ihr euch entschieden habt, anruft und nachfragt, ob ihr schon kommen sollt. Zwar ist es richtig, dass das Infektionsrisiko für das Baby und auch die werdende Mutter steigt, wenn der Muttermund offen ist, doch oft raten Krankenhäuser erst dazu zu kommen, wenn mehrere Stunden seit dem Platzen der Fruchtblase vergangen sind oder, wenn die Wehen bereits stark genug sind, dass die Geburt nicht mehr lange auf sich warten lässt. Das Krankenhaus wird euch nicht wegschicken, doch es kann durchaus sein, dass ihr lange warten müsst, bis die Geburtswehen einsetzen und die Geburt losgeht.

Tipp:

Um zu prüfen, ob die Wehen schon richtige Geburtswehen sind, ist es hilfreich, dass deine Partnerin in warmem Wasser badet. Entweder verstärken sich die Wehen dadurch und die Geburt rückt näher oder die Wehen schwächen ab und waren noch keine wirklichen Geburtswehen. Behalte die Nerven, verfalle nicht in Panik, ruft das Krankenhaus an, nehmt die Kliniktasche und fahrt in Ruhe ins Krankenhaus oder ins Geburtshaus.

Habt ihr euch für eine Hausgeburt entschieden, informiere die Hebamme, für die ihr euch entschieden habt, und besprecht mit ihr die weitere Vorgehensweise.

Wie kannst du deine Partnerin unterstützen?

Für deine Partnerin ist die Situation genauso neu und ungewiss wie für dich. Aus diesem Grund ist es wichtig, dass du nicht darauf hoffst, dass sie weiß, was zu tun ist und wie ihr euch zu verhalten habt, sondern es ist fundamental, dass du die werdende Mutter tatkräftig unterstützt und sie beruhigst, falls sie aufgeregt sein sollte.

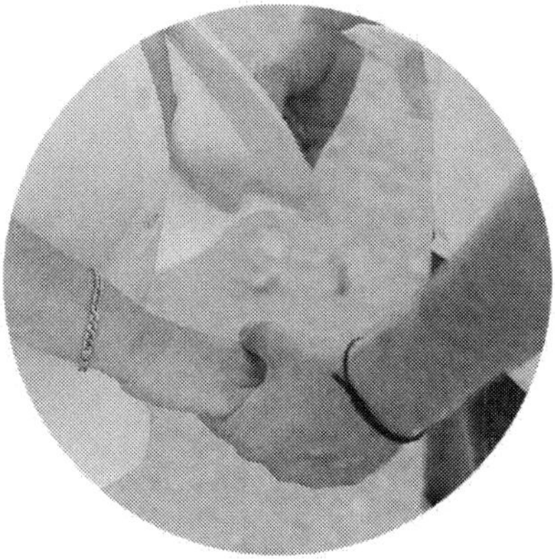

Einige Frauen reagieren vollkommen gelassen auf das Platzen der Fruchtblase, während andere panisch werden. Schätze in dem Moment ab, ob deine Frau Angst hat oder panisch wird und beruhige sie. Die Frage ist nun, wie du sie in einer solchen lebensverändernden und ereignisreichen Situation unterstützend beruhigen kannst. Am besten ist es, wenn deine Partnerin weiß, dass sie sich auf dich verlassen kann und sich nicht um die organisatorischen Dinge kümmern muss. Übernimm es, das Krankenhaus anzurufen oder die Hebamme zu informieren, nimm die Kliniktasche und stelle sie ins Auto, lege ihre Lieblingsmusik auf und nehme sie einfach in den Arm und halte sie.

Deiner Partnerin steht eine große Verantwortung bevor – sie bringt dein Kind zu Welt, was nicht nur ein großer Schritt, sondern auch ein anstrengender Kraftakt ist. In diesem Fall ist es schön und beruhigend zu wissen, dass sie nicht alleine ist und dich an ihrer Seite hat.

Frage sie, was sie braucht und sei einfach für sie da. Sie möchte sehen, dass sie nicht alleine durch den Prozess der Geburt gehen muss. Ihr seid ein Team, ihr steht im Begriff Eltern zu werden. Ihr habt diese Reise gemeinsam gestartet und geht nun auch diesen Schritt gemeinsam. Ihr verlasst die Haustür zu zweit, um als Familie wieder zurückzukommen.

Interessant:

Wie so oft, ist es immer eine Frage des Charakters der Frau und auch der Situation, in welcher sie sich befindet, ob sie von dir gehalten und umarmt werden möchte oder nicht. Einige Frauen mögen es auch nicht, dass der Mann alles regelt, wenn die Wehen einsetzen. Es ist nicht einfach, die Balance zu finden und es der Frau in dieser

Situation recht zu machen. Du kennst deine Partnerin am besten und kannst somit auch am besten abschätzen, was sie gerade braucht.

Die Zeit nach der Geburt

Kleine Hände greifen nach deinen großen Fingern, eine zarte Stimme, welche während des Schreiens erstaunlich laut werden kann, ruft nach dir. Der Geruch deines neugeborenen Babys ist wie eine Droge, die du brauchst, um glücklich zu sein. Du kannst dein Glück kaum fassen und hast ein Dauergrinsen im Gesicht – dein Baby ist da, du bist Papa!

Die ersten Stunden mit eurem Baby

Deine Partnerin hat euer Baby auf die Welt gebracht. Du hast gesehen, wie das Wunder des Lebens aus dem Bauch deiner Partnerin zu dir auf die Welt gekommen ist und vermutlich bist du von deinen Emotionen überwältigt. Hast du gedacht, dass du das Maximum an Liebe, das du für einen Menschen empfinden kannst, bereits erreicht hast? Der Blick auf dein neugeborenes Baby wird dich eines Besseren belehren.

Die Liebe, die du dem kleinen Baby gegenüber empfinden wirst, wird alle Gefühle sprengen und überschreiten, welche du je verspürt hast.

Direkt nach der Geburt ist der Körperkontakt zwischen Mutter und Kind unheimlich wichtig. Am besten setzt du dich hinter deine Partnerin, um sie zu halten, während das Baby den Kontakt mit euch genießt. In der Regel wird das Baby viel schlafen und an der Brust der Mutter trinken.

Halte dein Baby, sprich mit ihm und lasse es deine Stimme hören, die es aus seiner Zeit im Bauch deiner Partnerin wiedererkennen wird.

Deine Partnerin wird von der Geburt vermutlich müde sein und schlafen wollen, was sich anbietet, da auch das Baby viel schlafen wird.

Interessant:

Wusstest du, dass die ungeschriebene Regel für frischgebackene Eltern lautet, immer dann zu schlafen, wenn das Baby schläft? Die ersten Stunden mit eurem Baby sind aufregend, spannend, gefühlsintensiv und unbeschreiblich schön. Haltet den Moment fotografisch fest, kuschelt mit eurem Baby, lernt euch kennen und ruht euch von den Anstrengungen der Geburt aus.

Was erwartet dich als Neu-Vater?

Oft denkt man, dass mit einem Baby die Nächte kurz, die Tage lang und der Alltag stressig werden. Das ist das Resultat all der Geschichten, welche man während der Zeit der Schwangerschaft erzählt bekommt. Die Wahrheit sieht jedoch in vielen Fällen anders aus.

Als neuer Vater erwarten dich in aller erste Regel eines: Liebe, Wärme und Verantwortung.

Da die Mutter das Baby in der Regel stillt, ist es vollkommen normal, dass euer Baby sehr viel Zeit bei ihr verbringen wird. Du wirst das Baby zwar nicht stillen, kannst es allerdings im Arm halten, mit ihm spazieren gehen oder auch einfach deine Partnerin in den Arm nehmen und Zeit mit ihr verbringen.

Es erwartet dich eine Achterbahnfahrt der Gefühle, es erwarten dich viele „Das-erste-Mal"-Momente – das erste Mal, indem sich dein Baby auf den Bauch dreht, das erste Krabbeln, das erste Brabbeln, das erste Wort, der erste Schritt. Als neuer Vater hast du nicht nur eine sehr große Verantwortung, sondern gewinnst etwas unbeschreiblich Schönes und Unbezahlbares – dein Baby, welches dich „Papa" nennt, dich bedingungslos liebt und das Schönste ist, was dir und deiner Partnerin je passieren konnte. Kein Ratgeber und keine Erfahrung können dir genau sagen, wie die Tage und Nächte ablaufen werden. Keiner kann dir genau voraussagen, wie viel Schlaf du bekommen wirst, wenn du mit deiner kleinen Familie zu Hause bist, doch was sicher ist, ist die Tatsache, dass dich eine wundervolle, spannende, gefühlsintensive und unbeschreibliche Zeit mit deiner kleinen Familie erwartet.

Das Baby ist auf der Welt und du und deine Partnerin sind von den Gefühlen überwältigt. Mit der Geburt eures Kindes wird sich viel ändern. Jeder Tag wird ein neues Abenteuer werden und ihr werdet immer mehr als kleine Familie zusammenwachsen.

Wie ist das mit den Verwandten?

Natürlich löst die Nachricht „Unser Baby ist da!" nicht nur bei dir und deiner Partnerin unbeschreiblich schöne und überwältigende Glücksgefühle aus, sondern auch eure Verwandten und Freunde werden von dieser Information begeistert und überwältigt sein. Ein Baby bringt immer Freude und Glück mit sich und selbstverständlich wird euer Telefon ständig klingeln und auch die ersten Anfragen darüber, wann man kommen darf, um das Baby zu sehen, werden eintreffen.

Am liebsten würdest du der ganzen Welt erzählen, dass du Papa geworden bist und jedem Menschen, der dir über den Weg läuft, das Foto deines neugeborenen Babys zeigen – das ist vollkommen normal und wunderschön - du bist ein stolzer Papa! Allerdings ist die Dreisamkeit unmittelbar nach der Geburt sehr wichtig für die Bindung zwischen eurem Baby und euch und auch zwischen dir und deiner Partnerin – ihr steht in einer neuen Situation, die ihr nicht kennt und an die ihr euch nach und nach gewöhnen müsst.

Auch euer Baby muss sich erst an die neuen Eindrücke gewöhnen. Es kommt aus dem geschützten Bereich des Bauches der Mutter in die laute und chaotische Welt und braucht Mama und Papa mehr als alles andere. Zu viel Trubel und ein Ein- und Ausgehen der Verwandten würden Stress für euer Baby und auch für euch bedeuten.

Ich gebe euch einen guten **Tipp**, nehmt euch diesen zu Herzen: Schaltet alle elektronischen Geräte (Smartphone, Tablet, Telefon, Fernseher etc.) aus. Genießt eure Dreisamkeit, ohne jegliche Störung. Dieser Moment wird nie wiederkommen. In der heutigen schnelllebigen Zeit, wird das sehr oft vergessen. Ihr könnt auch noch in ein paar Stunden Bescheid geben, dass das Baby auf der Welt ist. Vergesst die Technologie und die Welt um euch herum und konzentriert euch auf euer Baby und auf euch. Kuschelt, schlaft, redet, bewundert das Wunder des Lebens, macht Fotos, umarmt euch, esst, lernt das Baby kennen und genießt diese neue, wunderschöne und aufregende Zeit.

Endlich zu Hause

Wenn du mit deiner kleinen Familie zu Hause bist, wartet eine spannende Zeit auf euch, weshalb es umso wichtiger ist, es langsam und ohne Stress anzugehen.

Zu Hause angekommen fängt ein vollkommen neuer Alltag mit eurem Baby an und es ist wichtig, dass du, deine Partnerin und euer Baby euch erst einmal als Team einspielt. Lernt euch weiterhin kennen, spielt euch aufeinander ein und gestaltet den Alltag so, wie es für euch am besten ist.

Sicherlich dürfen euch Freunde und Verwandte besuchen kommen, doch denke auch immer daran, dass sich deine Partnerin im Wochenbett befindet. Das heißt, dass sie weiterhin Blutungen hat und sich die Gebärmutter erst nach und nach zurückbilden muss. Das geht alles nicht von heute auf morgen. Deine Partnerin und auch dein Baby brauchen in der Regel Ruhe und Entspannung. Bevor also Verwandte und Freunde vor der Tür stehen ist es wichtig, dass du dich mit deiner Partnerin abstimmst und die Bedürfnisse deiner kleinen Familie auf der Prioritäten-Liste an die erste Stelle setzt. Der Tagesablauf ändert sich mit einem Baby – oft schlaft und esst ihr, wenn es gerade geht. Oft wirst du in der Küche stehen und improvisieren, was das Essen angeht, um noch genug Zeit zu haben, dich etwas auszuruhen – das ist vollkommen ok. Am besten kocht ihr vor der Geburt vor, sodass ihr euch nicht groß Gedanken um das Kochen und Essen machen müsst und so viel schlafen könnt, wie möglich.

Lass das Geschirr stehen, den Wäscheberg auch gerne mehr wachsen und drücke dem Pizzaboten mal etwas mehr Trinkgeld in die Hand, weil er schon zum dritten Mal in der Woche Essen zu euch nach Hause geliefert hat. Es dauert etwas, bis sich der Haushalt und der Alltag einspielt. Setze dich nicht selbst unter Druck, alles direkt unter einen Hut zu bekommen, sondern genieße vielmehr die Zeit mit deiner Partnerin und deinem Baby. Denn dein Baby ist nur einmal klein und die ersten Tage und Wochen kommen nicht wieder. Genießt die Zeit zu Hause, kostet sie aus und spielt euch, wie gesagt, aufeinander ein. Ladet Verwandte und Freunde ein, sagt aber ehrlich, wenn es euch zu viel wird und nehmt Hilfe an. Die Schwiegermutter möchte kochen? Sie will euch bei der Hausarbeit unterstützen? Nehmt das Angebot und die Hilfe an und lasst zu, dass auch Oma und Opa eine Bindung zu dem Baby aufbauen oder schlicht und ergreifend da sein können.

In aller erster Linie ist es aber wie gehabt wichtig, dass ihr als kleine Familie darauf schaut, was ihr braucht und was für euch am besten ist.

Worauf solltest Du am Anfang achten?

Ein Baby ist klein, zerbrechlich und vor allem von dir und deiner Partnerin voll und ganz abhängig. Es ist darauf angewiesen, von euch Nahrung zu bekommen, gewickelt und allgemein umsorgt zu werden. Umso wichtiger ist es, dass du weißt, worauf du am Anfang achten musst, um sicherstellen zu können, dass du dein Baby auf die beste Art und Weise versorgst.

Zuvor:

Fehler machen ist menschlich. Kein Mensch ist perfekt und als frischgebackener Vater kann es durchaus mal passieren, dass du die Windel falsch herum anziehst oder beim Body nicht weißt, wo oben und wo unten ist – keine Sorge! „Learning by doing!" ist hier das Motto. Nicht nur dein Baby wächst, sondern mit jedem Tag wächst auch du ein kleines Stück weiter als Papa.

Die Windeln wechseln

Ein Baby kann noch nicht aufs Töpfchen gehen und sollte aus diesem Grund eine Windel tragen, in welcher sowohl das Kleine als auch das große Geschäft aufgefangen und anschließend von dir oder deiner Partnerin entsorgt wird.

Du hast keine Lust auf Windelwechseln? Es gibt eine Alternative, auf die du zurückgreifen kannst. Allerdings ist der Aufwand, welcher mit dem „Abhalten" auf dich und deine Partnerin zukommt, nicht geringer, als der des Windelwechselns. Denn beim Abhalten lest ihr die Zeichen, welche euer Baby gibt, bevor es sein Geschäft machen muss. So könnt ihr rechtzeitig handeln und es über der Toilette abhalten.

Die Frage, die sich oft stellt ist, mit was gewickelt wird. Auf dem Markt kannst du dich gemeinsam mit deiner Partnerin zwischen den Stoffwindeln und den Einweg-Windeln entscheiden. Beide dieser Varianten bringen dabei Vorteile mit sich, sodass es ganz auf dich und deine Partnerin ankommt, für welche der beiden Windelarten ihr euch entscheidet.

Vorteile und Nachteile von Stoffwindeln

Vorteile:

- *In der Anschaffung zwar teurer, auf lange Sicht gesehen jedoch deutlich günstiger als die Einwegwindeln.*
- *Umweltfreundlich, da kein Müll produziert wird.*
- *Die Windeln können ohne Probleme gewaschen und getrocknet werden.*

Nachteile:

- *Das Wickeln, entsorgen des Inhalts und auch das Waschen ist zeitintensiv.*
- *Es wird mehr Zubehör gebraucht, als dies bei Einwegwindeln der Fall ist.*
- *Für unterwegs sind die Stoffwindeln etwas unpraktisch.*

Vorteile und Nachteile von Wegwerfwindeln

Vorteile:

- *Leicht anzuziehen.*
- *Die Entsorgung ist schnell und hygienisch.*
- *Die Wegwerfwindeln halten lange trocken*

Nachteile:

- *Auf Dauer sind Wegwerfwindeln teurer als die einmalige Anschaffung der Stoffwindeln.*

- *Die Umweltbelastung ist durch die hohe Müllproduktion höher.*
- *Oft werden Babys später „trocken", wenn sie mit Wegwerfwindeln gewickelt werden.*

Tipp:

Wie du dein Baby am besten wickelst, bekommst du in der Regel im Krankenhaus von der Hebamme gezeigt. Von Tag zu Tag wirst du zudem immer besser werden, denn, wie man so schön sagt, macht Übung den Meister.

Babytrage oder Tragetuch

Das Tragen deines Babys im Tragetuch oder auch in einer Trage bringt sehr viele Vorteile mit sich, von welchen sowohl du und deine Partnerin als auch euer Baby profitieren können.

Oft kommt man mit dem Kinderwagen nur schwer in die öffentlichen Verkehrsmittel und auch auf den Straßen ist man bezüglich der Fortbewegung eingeschränkt, wenn man zum Beispiel in die Berge oder auf andere schwer befahrbare Straßen gehen möchte.

Umso **interessanter**, einfacher und entspannter ist das Tragen des Babys in einem Tragetuch oder einer Trage.

Tipps:

Bei einer professionellen Trageberatung erfährst du, wie du dein Baby am besten trägst und mit welcher Trage oder mit welchem Tragetuch du dich am wohlsten fühlst.

Du kannst dein Baby mit einem Tuch oder in einer Trage entweder vorne, hinten oder auch seitlich tragen, um so die beste und für dich und dein Baby angenehmste Position zu finden.

Die Vorteile, die das Tragen mit sich bringt, sind dabei Folgende:

- *Du bist deinem Baby ganz nah, was nicht nur dazu führt, dass du Signale deines Babys sehr viel besser und schneller erkennst, sondern auch die Bindung zwischen dir und deinem Kind stärkt sich durch den Körperkontakt.*
- *Die Grundbedürfnisse nach Körperkontakt, Liebe und Geborgenheit des Babys werden befriedigt.*
- *Vor allem Schreibabys werden durch das enge Tragen und den Körperkontakt zu dem Elternteil, schneller beruhigt und fühlen sich sicherer.*
- *Die Position, welche die Beine und die Hüfte des Babys während des Tragens einnehmen, sind, Experten zu Folge, gesundheitsfördernd.*
- *Der Hinterkopf des Babys flacht nicht so sehr ab, wie*

es bei Babys der Fall ist, welche oft und lange im Kinderwagen liegen.

- *Du hast deine Hände frei und kannst den Alltag meistern, während dein Baby zufrieden und ruhig*
- *im Tragetuch oder in der Trage schlafen oder sich umsehen und den Kontakt genießen kann.*
- *Wandern in den Bergen ist einfach und unkompliziert.*
- *Durch deine Körperwärme wird das Baby warmgehalten.*

Tipp:

Für kaltes Wetter gibt es richtige Tragejacken, welche sich eignen, um nicht nur dich, sondern auch das Baby warmzuhalten.

Ich empfehle dir diese Babytrage von Manduca. Sie ist sehr einfach anzulegen und wächst sogar mit dem Kind mit. Schaue sie dir einfach an, indem du diesen QR-Code einscannst.

Des Weiteren möchte ich dir alternativ noch dieses Tragetuch empfehlen, mein Mann und ich haben beides ausprobiert und haben es unterschiedlich gehandhabt. Auch hier kannst du einfach den QR-Code scannen.

Die richtige Kleidung

Kleine Babys können den Wärmehaushalt noch nicht allein regulieren, weshalb es umso wichtiger ist, dass du als Elternteil darauf achtest, dass dein Kind mit der richtigen Kleidung gekleidet ist.

Allerdings kann es sehr oft passieren, dass das Baby, aufgrund seines doch recht großen Körpervolumens, rasch an Temperatur verliert und unterkühlt.

Zu derselben Zeit sollte es aber auch nicht zu warm angezogen werden, da es die Temperatur noch nicht alleine regulieren kann. Wie weiß man nun, mit welcher Kleidung das Baby am besten gekleidet ist? Wie kannst du dir sicher sein, ob die gewählte Kleidung nicht zu kalt oder zu warm ist? – Ganz einfach, indem du immer wieder prüfst, ob es deinem Baby zu warm oder zu kalt ist.

Das machst du am besten, indem du den Nacken deines Babys kontrollierst. Ist er trocken und warm, ist das Baby gut gekleidet, wohingegen es deinem Kind zu warm ist, wenn der Nacken heiß und feucht sein sollte.

Dass es deinem Baby zu kalt ist, erkennst du in der Regel daran, dass es kalte Füße hat oder auch am Nacken kalt ist.

Faustregel:

In der Regel gilt, dass dein Baby immer eine Schicht mehr tragen sollte, als du selbst trägst. Prüfe trotzdem immer wieder die Temperatur im Nacken. Vor allem in den ersten drei Monaten können Babys die Temperatur noch nicht eigenständig regulieren und die meiste Wärme verliert dein Kind über den Kopf. Aus diesem Grund ist es auch in den ersten drei Monaten besonders wichtig, dass dein Baby ein Mützchen trägt. Dieses schützt nicht nur vor Kälte und Wind, sondern auch vor Sonne.

Die Hygiene des Babys

Das erste Bad steht an – das Baby wird in der Badewanne gebadet oder kann, nach Bedarf, auch gemeinsam mit dir und deiner Partnerin in der Badewanne baden.

Die Frage ist nun, wie viel Hygiene angemessen und wie viel zu viel des Guten ist. In der Regel solltest du immer bedenken, dass die Haut des Babys sehr sensibel und empfindlich ist. Dazu kommt, dass Babys nicht wirklich schmutzig werden (es sei denn, sie spucken und sauen sich dabei ein), weshalb es nicht notwendig ist, das Baby jeden Tag zu baden. Im Gegenteil: Das tägliche Baden des Babys könnte sogar auf lange Sicht dazu führen, dass die natürliche Schutzschicht der Haut zerstört wird.

Tipp:

Im Drogeriemarkt wirst du von den unterschiedlichsten Schaumbädern für Babys überrannt – jedes wirbt mit der Aussage, das beste Shampoo für Neugeborene zu sein für sich und soll dich somit zum Kauf anregen. Für die Hygiene des Babys reicht es allerdings vollkommen aus, wenn du es in etwas warmem Wasser badest, in welches du einen Schuss Olivenöl und Muttermilch der Mutter gibst. Das reicht vollkommen aus, um dein Baby zu baden und seiner Haut etwas Gutes zu tun.

Wie oft ist es nun angemessen, das Baby zu baden? Es kommt ganz drauf an, was dein Gefühl sagt. Denkst du, dass es mal wieder Zeit ist das Baby zu baden? Dann kannst du das ruhig machen, dennoch darauf achten, es nicht zu übertreiben. Ein Bad pro Woche ist in der Regel ausreichend für eine gute Hygiene. Denn während des Wechselns der Windeln sorgst du bereits im Intimbereich für eine gute und umfangreiche Hygiene.

Tipp: Auch beim Wechseln der Windeln kannst du statt der Feuchttücher auf die Reinigung des Intimbereichs mit Wasser zurückgreifen – zumindest zu Hause ist das eine gute und vor allem hautfreundliche Möglichkeit.

Die Ernährung des Babys

Was isst ein Baby? – Die Antwort auf diese Frage wirst du mit Sicherheit schon wissen – Milch. Die Natur sieht es vor, dass das Baby von der Brust der Mutter genährt wird. In der Tat ist dies die beste und vor allem gesündeste Möglichkeit, das Baby mit allen wichtigen Nährstoffen zu versorgen und für eine gute Entwicklung zu sorgen.

Einige Frauen wollen oder können aus unterschiedlichen Gründen nicht stillen und greifen aus diesem Grund zur Flaschennahrung zurück. Leider kommt es immer wieder zu „Battles" unter Müttern, wer am meisten und am längsten stillt, sodass Frauen, die ihrem Baby die Flasche geben, nicht selten als egoistisch dargestellt werden.

Eine gute Mutter oder einen guten Vater erkennt man nicht daran, ob ein Baby gestillt oder über die Flasche ernährt wird!

Tipp:

Wenn deine Partnerin stillen möchte, jedoch Bedenken oder Probleme hat, kann eine professionelle Stillberatung helfen. Sogar wenn Frauen augenscheinlich nicht stillen können, stehen Stillberaterinnen zur Hilfe und unterstützten dich und deine Partnerin beim Stillen.

Unterschiede zwischen dem Stillen und der Flasche gibt es viele, der Wichtigste ist dabei allerdings der, dass Babys mit der Pulvermilch sehr viel länger satt sind und aus diesem Grund oft auch in bestimmten Abständen essen wollen, während gestillte Babys nach Bedarf gestillt werden sollten. Die Muttermilch ist deutlich einfacher zu verdauen, sodass es sein kann, dass das Baby auch manchmal mehrmals in der Stunde trinken möchte. Zudem regt es durch das Nuckeln an der Brust die Milchproduktion an und „bestellt" sich die Milch bei der Brust der Mutter. Deshalb essen und nuckeln gestillte Babys deutlich öfter als Babys, welche die Flasche bekommen.

Interessant:

Einige Frauen kombinieren auch das Stillen mit dem Geben der Flasche. Entweder pumpen sie Muttermilch ab und lassen den Papa die Milch über die Flasche füttern oder sie füttern Pulvermilch zusätzlich zum Stillen zu. Auch hier kann die Stillberaterin am besten beraten.

Sehen wir uns einmal an, welche Vorteile die beiden Varianten für das Baby und auch für euch als Eltern mit sich bringen.

Stillen:

- *Von der WHO (Weltgesundheitsorganisation) für mindestens 6 Monate empfohlen.*
- *Die Milch passt sich der Entwicklungsstufe des Kindes an.*
- *Die Zusammensetzung passt sich immer den Bedürfnissen des Kindes an.*
- *Die Milch hat bereits die passende Temperatur.*
- *Alle Nährstoffe, welche das Kind zum Wachsen braucht, sind in der Muttermilch enthalten.*
- *Kinder werden vor verschiedensten Krankheiten geschützt.*
- *Das Risiko an Brustkrebs zu erkranken sinkt bei der Mutter.*
- *Die Mutter muss in der Nacht nicht aufstehen, sondern kann gemütlich liegen bleiben, während sie das Kind stillt.*

- *Die Bindung zwischen Mutter und Kind ist sehr intensiv.*
- *Stillen ist nicht nur Nahrungsaufnahme, sondern auch Trost, Sicherheit, Geborgenheit und Wärme.*

Flasche:

- *Das Baby ist länger satt.*
- *Der Papa kann das Kind auch füttern.*

Was steht in den ersten Monaten an?

In dem ersten Lebensjahr entwickelt sich das Baby sehr schnell und macht rasante Sprünge, sodass du dich manchmal fragen wirst, wo eigentlich die Zeit geblieben ist. Sei so oft es geht zu Hause, um bei den neuen Dingen, welche dein Baby lernt, mit dabei zu sein und zu bewundern, wie aus einem neugeborenen Baby, das den ganzen Tag schläft, nach und nach ein aufgewecktes Kleinkind wird.

0 - 3 Monate

- *Das Baby schläft viel.*
- *Strampeln.*
- *Das Baby öffnet seine Fäuste.*
- *Mit drei Monaten kann der Kopf aufrecht gehalten werden.*

- *Gegen Ende des dritten und zum Anfang des vierten Monats fangen Babys an zu brabbeln und Laute von sich zu geben.*

4 - 6 Monate

- *Das Baby greift gezielt nach Dingen, für welche es sich interessiert.*
- *Auf dem Bauch stützt sich das Baby auf die Unterarme.*
- *Das Baby dreht sich von dem Rücken auf den Bauch und umgekehrt.*
- *Das erste bewusste Lächeln wird Mama und Papa geschenkt.*
- *Ab dem 6. Lebensmonat könnte sich der erste Zahn bemerkbar machen.*

7 - 9 Monate

- *Das Baby fängt langsam an zu robben und auch zu krabbeln.*
- *Spätestens ab dem 7. Monat solltest du darauf achten, die Wohnung kindsicher zu machen.*

10 - 12 Monate

- *Dein Baby wird sich an Gegenständen hochziehen und auf der Stelle stehen.*
- *Das Baby wird die ersten Laufversuche starten und schon bald auf beiden Beinen durch die Gegend laufen.*

Hinweis: Jedes Baby entwickelt sich anders! Mache dir keine Sorgen, wenn es sich nicht an die Checkliste hält und sich Zeit nimmt. Wenn du dich mehr für die Entwicklung deines Babys interessierst, kannst du dir im Internet verschiedene Newsletter abonnieren oder auch Apps nutzen, wie sie bereits weiter vorne vorgestellt wurden.

Tipp:

Um dich später an die einzelnen Entwicklungsstufen erinnern zu können, halte diese über Fotos oder auch Videos fest. So kannst du dich immer wieder an den Erinnerungen erfreuen und auch deinem Kind später einmal zeigen, wie es als Baby war.

Was passiert, wenn der erste Zahn kommt?

Der erste Zahn ist ein Ereignis, das viele Eltern bewegt und ihnen vor Augen führt, wir schnell das eigene Kind eigentlich wächst.

Interessant:

Einige Kinder kommen bereits mit einem Zahn auf die Welt, der als „Hexenzahn" bezeichnet wird, oft aber nur sehr locker im Zahnfleisch steckt und somit nicht verwurzelt ist.

Ab dem sechsten Lebensmonat macht sich in der Regel der erste Zahn bemerkbar, was an einigen Anzeichen zu erkennen ist:

- *Sabbern*
- *Finger in den Mund stecken*
- *Gerötete Wangen*
- *Geschwollenes Zahnfleisch*
- *Quengeliges Verhalten des Babys*
- *Unter Umständen eine erhöhte Temperatur*

Die Frage ist nun, wie du deinem Baby helfen kannst, wenn der erste Zahn kommt. Du hast unterschiedliche Möglichkeiten, dein Baby zu unterstützten:

- *Lasse es auf einem kühlen Waschlappen herumkauen.*
- *Kaufe einen Beißring, lege ihn in den Kühlschrank oder ins Gefrierfach, so kann das Baby auf ihm kauen und es kühlt gleichzeitig schön. Das empfinden die Babys als sehr angenehm.*

Tipps zum Schlafen

Der wichtigste Tipp, welchen du in dem Bezug auf das Schlafen befolgen kannst, ist: Schlafe, wenn das Baby schläft! Jedes Baby hat andere Gewohnheiten, weshalb es wichtig ist, euer Baby zu beobachten und herauszufinden, auf welche Art und Weise es am besten schläft. Damit dein Baby zur

Ruhe kommt, kannst du jedoch einige Dinge ausprobieren und Tipps befolgen:

- *Schaffe eine ruhige Atmosphäre.*
- *Kommt zur Ruhe und macht nichts Aufregendes mehr.*
- *Entwickelt ein Abendritual (singen, tragen, massieren, vorlesen, etc.).*
- *Schaltet den Fernseher aus.*
- *Trenne den Tag von der Nacht und wickle in der Nacht nur bei einem kleinen, schwachen Licht.*
- *Lege dich zu deinem Baby, um es zum Einschlafen zu bringen.*

Das Baby Workout (Spiel und Spaß mit Kind)

Vor allem Frauen wollen nach der Geburt wieder in Form kommen und suchen nach einer Möglichkeit, dies gemeinsam mit dem Baby zu machen. Am besten eignet sich für diese Zwecke ein Baby Workout, bei welchem deine Partnerin oder auch du gemeinsam mit dem Baby trainieren können. So schlägst du zwei Fliegen mit einer Klappe – du wirst fit und dein Baby hat Spaß.

Einige Workouts sind zum Beispiel:

- *Baby Yoga*
- *Krafttraining mit dem Baby*
- *Kanga (eine Art Tanz mit dem Baby im Tragetuch)*
- *Rückbildungskurs mit dem Baby*

Viele Kurse, welche in diesem Zusammenhang angeboten werden, können auch über das Internet von zu Hause aus gemacht werden, während andere Kurse in bestimmten Räumlichkeiten angeboten werden.

Körperkontakt - das A & O

Babys sind neun Monate lang im Bauch der Mutter und kommen auf die große, weite Welt, auf welcher sie voll und ganz auf dich und deine Partnerin angewiesen sind. Aus diesem Grund ist sein Bedürfnis nach Nähe und Körperkontakt auch sehr groß.

Nimm dein Baby so oft es geht in den Arm und lege dir ein Tragetuch zu, um es immer dicht bei dir tragen und gleichzeitig die Hände frei haben zu können.

Interessant:

Bei Fieber ist Körperkontakt nicht nur gut, um das Baby zu beruhigen und ihm Wärme zu geben, sondern wenn du das Baby nackt auf deinen nackten Körper legst, passt sich die Temperatur des Körpers des Babys deiner Körpertemperatur an und das Fieber kann auf natürliche Art und Weise sinken. Leider gehen immer noch viele Menschen davon aus, dass Babys schreien müssen und auch mal liegen bleiben dürfen. In Wahrheit sollte dein Baby so viel Wärme, Liebe und Körperkontakt, wie nur möglich bekommen, um sich gut entwickeln und wachsen zu können.

Schreien und Trösten

Wenn das Baby schreit, hat es nicht automatisch Hunger. Zwar ist es bei gestillten Babys wahrscheinlich, dass diese innerhalb kurzer Zeitabstände Hunger verspüren und an die Brust wollen, doch hinter dem Schreien können auch andere Ursachen stecken:

- *Das Baby hat sich verletzt.*
- *Der erste Zahn verursacht Schmerzen.*
- *Das Baby ist krank.*
- *Dein Kind will Nähe und Körperkontakt.*
- *Das Baby hat einen Albtraum.*
- *Dein Baby ist übermüdet.*
- *Das Kind verarbeitet die Ereignisse des vergangenen Tages.*

Es gibt viele weitere Ursachen, welche das Baby dazu veranlassen können zu schreien und du hast ebenfalls viele unterschiedliche Möglichkeiten, es zu trösten.

Tipp:

Sage nicht „es ist nichts passiert!", wenn dein Baby oder auch das Kleinkind schreit und weint. Für dein Baby ist etwas passiert, was für dich vielleicht eine Kleinigkeit sein mag, für dein Kind jedoch schlimm ist.

Du kannst:

- *Dein Baby begleiten und in Worte fassen, was es gerade bewegt oder verletzt hat.*
- *Dein Baby in die Trage nehmen und mit ihm durch die Wohnung laufen oder spazieren gehen.*
- *Deine Partnerin kann das Baby an die Brust legen und es nuckeln lassen. Das Nuckeln an der Brust beruhigt das Kind.*

Finde heraus, was dein Baby am besten beruhigt, sorge aber in jedem Fall dafür, Körperkontakt aufzubauen und deinem Kind zu zeigen, dass du für es da bist, es verstehst und du ihm hilfst.

Schreibaby

Es ist vollkommen normal, dass Babys weinen und schreien, sodass es nicht heißt, dass das Baby ein Schreibaby ist, wenn es mehrmals am Tag oder auch manchmal ununterbrochen weint.

Ein Baby wird als Schreibaby bezeichnet, wenn:

- *Das Schreien mehr als drei Stunden am Tag über einen Zeitraum von mehr als drei Tagen die Woche auftritt und über mehr als drei Wochen andauert.*
- *Das Kind untröstlich zu sein scheint und nichts hilft, um es zu beruhigen.*

Wichtig:

Du und deine Partnerin seid als Eltern nicht für das Schreien verantwortlich!

Wenn dein Baby gar nicht mehr zur Ruhe kommt und ununterbrochen schreit, ist das ganz schön anstrengend und nervenaufreibend. Spiele dir nicht selbst vor, dass alles ok ist, sondern nimm die Tatsache an, dass du gestresst und vielleicht auch überfordert bist.

Hole dir Hilfe bei Freunden und Verwandten, um die Zeit des Schreiens zu überstehen.

Auch, wenn das Schreien des Babys sehr anstrengend und herausfordernd sein kann, ist es wichtig, die Ruhe zu bewahren und auf das Baby einzugehen.

Das kann helfen:

- *Dir Ohrstöpsel anzuschaffen, um das Schreien aushalten und für dein Baby da sein zu können.*
- *Abzuklären, ob dein Baby nicht vielleicht krank ist. Kontaktiere im Zweifelsfall die Hebamme oder den Kinderarzt.*
- *Eine ruhige Atmosphäre zu schaffen und Stress für das Kind zu vermeiden. Stress kann zum Beispiel zu viel Besuch oder auch der Fernseher im Hintergrund bedeuten.*
- *Das Baby warm zu baden oder zu massieren.*
- *Eine Schreiambulanz aufzusuchen.*

Wichtig:

Schüttle dein Baby auf keinen Fall – so anstrengend es auch sein mag, wenn es schreit. Wenn es sein muss, verlasse kurz den Raum, atme durch, beruhige dich und sei dann voll und ganz für dein Baby da.

Was ist der Babyblues?

Vielleicht hast du schon einmal etwas von dem „Babyblues" gehört, kannst dir aber noch nichts unter diesem Begriff vorstellen.

Kurz und knapp gesagt, ist der Babyblues eine physische Empfindlichkeit, mit welchen einige Frauen unmittelbar nach der Geburt zu kämpfen haben. Man könnte fast schon meinen, dass die Mutter depressiv ist, obwohl die Zeit nach der Geburt die schönste und glücklichste Zeit sein sollte, in welcher du und deine Partnerin vor Glück nur so erfüllt sein solltet.

Interessant:

Oft verschwindet der Babyblues bereits nach einigen Tagen wieder! Mache dir also keine zu großen Sorgen, wenn deine Partnerin Stimmungsschwankungen hat, traurig und erschöpft ist. Es handelt sich in den meisten Fällen nur um einen temporären Zustand. Andernfalls ist die Rede von einer Wochenbettdepression, welche jedoch behandelt werden sollte.

Bonuskapitel: Bürokratie leicht gemacht

Nach der Geburt des Kindes kommt einiges an Bürokratie auf dich und deine Partnerin zu. Wie diese abläuft und was du beachten musst, erfährst du hier kurz und übersichtlich.

Die Geburtsurkunde

Wo: Im Standesamt, welches unter den Zuständigkeitsbereich des Kindes fällt (Bezirk, in welchem das Kind geboren ist).

Wann: Innerhalb einer Woche nach der Geburt des Kindes.

Unterlagen: Geburtsurkunden von dir und deiner Partnerin, Eheurkunde (seid ihr nicht verheiratet, müssen die Vaterschaftsanerkennung und die Sorgeerklärung mitgenommen werden), Ausweise oder Pässe von dir und deiner Partnerin, Bescheinigung über die Geburt, die vom Krankenhaus oder der Hebamme ausgestellt werden.

Kindergeld Beantragen

Seit dem 01.01.2021 beträgt die Höhe des Kindergeldes für ein Kind 219 Euro im Monat.

Interessant:

Auch, wenn die Bestätigung des Antrags länger dauern sollte, bekommt ihr die angesammelte Summe ab dem Zeitpunkt der Antragsstellung nachträglich ausgezahlt. Stellt den Antrag somit rechtzeitig oder schon vor der Geburt, um keinen Monat zu verpassen. Es besteht aber auch die Möglichkeit, das Geld bis zu sechs Monate rückwirkend zu beantragen.

Wo: Bei der Familienkasse, die für euren Bezirk oder eure Region verantwortlich ist.

Unterlagen: Das Formular KG1, welches du dir aus dem Internet herunterladen kannst, die Geburtsurkunde oder Geburtsbescheinigung, ggf. die Steueridentifikationsnummer der Eltern und des Kindes.
Hier habe ich einen Link für dich, wo du schauen kannst, auf was du alles achten musst, um das Kindergeld zu beantragen. Einfach den QR-Code einscannen.

Elternzeit beantragen

Elternzeit kann nicht nur von Müttern, sondern auch von Vätern beantragt werden, um so viel Zeit, wie möglich im ersten Lebensjahr des Kindes genießen zu können.

Wo: Beim Arbeitgeber.

Wann: Mindestens sieben Wochen vor Beginn der gewünschten Elternzeit.

Wie: Schriftlich mit einem formlosen Schreiben.

Was: Es muss mitgeteilt werden, wie lange die Elternzeit genommen werden möchte und wann du vorhast, wieder zurück zur Arbeit zu kommen. Du hast aber auch die Möglichkeit, die Elternzeit nachträglich zu verlängern.

Dauer: Das Gesetz sieht eine Dauer der Elternzeit von 36 Monaten vor.

Tipp:

Beantrage das Elterngeld deckend zu dem Zeitraum, in welchem du dir die Elternzeit nehmen möchtest, um keine finanziellen Einbußen verzeichnen zu müssen.
Hier habe ich einen Link für dich, wo du schauen kannst, auf was du alles achten musst, um die Elternzeit zu beantragen. Einfach den QR-Code einscannen.

Elterngeld

Wo: Bei der Elterngeldstelle, die für dich zuständig ist.

Wann: Erst nach der Geburt des Kindes.

Wie: Mit dem Formular, welches deine zuständige Elterngeldstelle zur Verfügung stellt.

Wichtig: Es kann nur ein Elternteil Elterngeld beantragen.

Unterlagen: Geburtsurkunde des Kindes oder die Geburtsbescheinigung des Krankenhauses, Nachweise über bisheriges Einkommen (Selbstständige) oder Lohn- und Gehaltsabrechnungen der letzten 12 Monate vor dem Mutterschutz (Mutter) oder der Geburt (Vater).

Tipp:

Die Anträge für das Elterngeld sind oft recht kompliziert auszufüllen, weshalb es sich anbietet, sich von einer entsprechenden Beratungsstelle beraten und beim Ausfüllen unterstützen zu lassen.

Hier habe ich einen Link für dich, wo du schauen kannst, auf was du alles achten musst, um das Elterngeld zu beantragen. Einfach den QR-Code einscannen.

Warum du unbedingt die Vaterschaft anerkennen solltest

Bist du nicht mit deiner Partnerin und gleichzeitig Mutter deines Kindes verheiratet, solltest du freiwillig die Vaterschaft anerkennen.

Wann: Unmittelbar nach der Geburt oder auch bereits vor der Geburt (vor der Geburt wird empfohlen, um anschließende Behördengänge zu beschleunigen und zu erleichtern).

Voraussetzung: Dein freier Wille und die Zustimmung der Mutter (andernfalls kannst du dich ans Familiengericht wenden).

Wo: Beim Standesamt, Jugendamt oder beim Notar.

Unterlagen: Personalausweis oder Reisepass, sowie die Geburtsurkunde von dir und deiner Partnerin, Nachweis über voraussichtliches Geburtsdatum des Kindes (vor Geburt) oder Geburtsurkunde (nach der Geburt).
Kosten: circa 30 Euro.

Hinweis: Informiere dich im Voraus, ob die zuständige Stelle weitere Unterlagen für die Anerkennung der Vaterschaft verlangt.

Wieso: Mit der Anerkennung der Vaterschaft bist du nicht nur biologisch, sondern auch rechtlich gesehen der Vater deines Babys. Damit hast du ein Umgangsrecht, das Zeugnisverweigerungsrecht und auch das Recht der Mitversicherung des Kindes bei deiner Krankenkasse.

Hinweis: In der Regel können die Vaterschaftsanerkennung und das gemeinsame Sorgerecht mit einem Termin bei der zuständigen Stelle erledigt werden.

Hier habe ich einen Link für dich, wo du schauen kannst, auf was du alles achten musst, um die Vaterschaft anzuerkennen. Einfach den QR-Code einscannen.

Sorgerecht

Wenn du die Vaterschaft anerkannt hast, hast du nicht automatisch das Sorgerecht, sondern musst dieses separat beantragen. Allerdings ist die Anerkennung der Vaterschaft eine wichtige Voraussetzung, um das Sorgerecht beantragen zu können. Andernfalls liegt das Sorgerecht zu 100 Prozent bei der Mutter des Babys.

Wo: beim Jugendamt, Notar oder auch beim Standesamt.

Voraussetzung: Vaterschaftsanerkennung und die Zustimmung der Mutter.

Wann: Am besten bereits vor der Geburt, damit nach der Geburt Stress erspart bleibt.

Unterlagen: Personalausweis oder Reisepass von dir und deiner Partnerin, Geburtsurkunde des Kindes oder Auszug aus dem Mutterpass, wenn das Kind noch nicht geboren sein sollte, die Vaterschaftsanerkennung.

Hier habe ich einen Link für dich, wo du schauen kannst, auf was du alles achten musst, um das Sorgerecht zu beantragen. Einfach den QR-Code einscannen.

Fazit

Die Vaterschaft ist eine spannende und aufregende Reise, die dein gesamtes Leben verändern und rundum auf den Kopf stellen wird. Es wird Momente geben, in welchen du nicht wissen wirst, was richtig und was falsch ist und es wird Momente geben, welche du am liebsten einfrieren würdest, um sie immer und immer wieder erleben zu können.

Vater zu sein bedeutet auf der einen Seite, eine große Verantwortung zu tragen und auf der anderen Seite, eine unendliche Liebe verspüren zu dürfen. Tritt die Reise an, sei gespannt, habe keine Angst und wachse gemeinsam mit deinem Baby und deiner Partnerin zu einer kleinen Familie heran. Lernt euch kennen, seid füreinander da und entdeckt gemeinsam das Wunder des Lebens. Denn, wenn aus Liebe Leben wird, ist das nichts Anderes als ein großes, wunderschönes und einzigartiges Wunder!

Buchempfehlung

In diesem Ratgeber erfahren Sie, wie Sie das Prinzip der gewaltfreien Kommunikation (GFK) anwenden können. Durch dieses Konzept sind Sie in der Lage, mit Ihren Kindern besser zu kommunizieren. So können Sie Meinungsverschiedenheiten durch Gelassenheit lösen und sich dabei durch wertschätzende Kommunikation bestimmt ausdrücken.

Auch ich selbst stand als besorgte Mutter vor der schwierigen, aber alltäglichen Aufgabe, bei Streit mit und zwischen meinen Kindern zu schlichten. Irgendwann habe ich beschlossen, mich mehr mit diesem Thema auseinanderzusetzen und bin auf das Konzept der gewaltfreien Kommunikation gestoßen. Nun möchte ich meine Erfahrungswerte an Menschen, insbesondere Eltern, vermitteln, die sich mit einer ähnlichen Herausforderung konfrontiert sehen.

Einfach den QR-Code einscannen und bestellen.

HAFTUNGSAUSSCHLUSS

Die Umsetzung aller enthaltenen Informationen, Anleitungen und Strategien dieses Buchs erfolgt auf eigenes Risiko. Für etwaige Schäden jeglicher Art kann der Autor aus keinem Rechtsgrund eine Haftung übernehmen. Für Schäden materieller oder ideeller Art, die durch die Nutzung oder Nichtnutzung der Informationen bzw. durch die Nutzung fehlerhafter und/oder unvollständiger Informationen verursacht werden, sind Haftungsansprüche gegen den Autor grundsätzlich ausgeschlossen. Ausgeschlossen sind daher auch jegliche Rechts- und Schadensersatzansprüche. Dieses Werk wurde mit größter Sorgfalt nach bestem Wissen und Gewissen erarbeitet und niedergeschrieben. Für die Aktualität, Vollständigkeit und Qualität der Informationen übernimmt der Autor jedoch keinerlei Gewähr. Auch können Druckfehler und Falschinformationen nicht vollständig ausgeschlossen werden. Für fehlerhafte Angaben vom Autor kann keine juristische Verantwortung sowie Haftung in irgendeiner Form übernommen werden.

Affiliatelinks/Werbelinks

Die mit Sternchen (*) gekennzeichneten Links sind sogenannte Affiliate-Links. Wenn du auf so einen Affiliate-Link klickst und über diesen Link einkaufst, bekomme ich von dem betreffenden Online-Shop oder Anbieter eine Provision. Für dich verändert sich der Preis nicht.

URHEBERRECHT

Impressum

1. Auflage

Kontakt: Dirk Möncke, Usedomstraße 20, 12524 Berlin

Printed by Amazon Italia Logistica S.r.l.
Torrazza Piemonte (TO), Italy

26063218R00114